맘스 인디펜던스

아이를 키우며 나를 키웁니다

맘스 인디펜던스
Mom's Independence

강원주 지음

P 프로방스

안녕하세요. 17년차 직장맘으로 아이들을 키우며 꿈을 키우고 있는 대한민국 평범한 엄마이자 '엄마키움'의 대표로 엄마들의 성장을 응원하는 멘토입니다.

이 책은 육아관련 책이 아닙니다. 아이를 키우면서 엄마도 성장한다라는 메시지를 담고 있는 엄마를 위한 '엄마 자기계발서'입니다. 17년 동안 직장을 다니면서 아이를 키우며 경험했던 것, 여러 사례를 녹여서 뻔한 내용이 아닌 실질적인 내용을 담았습니다.

찌질한 아줌마에서 성공한 커리어우먼이 될 수도 있고, 월급 외 부수입도 만들어 낼 수 있습니다. 무엇보다, 엄마들의 모임이 단순히 시간 낭비가 아니라, 함께 성장하고 커나갈 수 있다는 것을 알려주고자 합니다.

"내가 바로 서야 아이도 바로 선다."라는 생각으로 엄마가 먼저 행복해야 아이도 행복하다는 것에 초점을 맞추어서 나를 찾는 내용을 담았습니다. 아이만 키우고 돌아서면 벌써 늙어있는 우리 엄마들의 세대를 보며 나이가 더 들어서 무언가를 할 용기가 없어지기 전에 각자의 '내 인생'을 꺼낼 수 있도록 용기를 주고 싶습니다.

누구나 아기를 낳고, 키우며 경력단절이 되기도 하고, 시집이 아니라 취집을 한다고 말하는 전업맘이 되기도 합니다. 어떤 방향이든 세상 엄마들은 각자의 역할에서 치열하게 살아가고 있습니다.

그 와중에 열심히 살았지만 살아갈수록 진정 내가 누구인지 무엇을 원하는 사람인지 '나'를 잃어가는 것은 아닐까 방황하고 불안할 때가 있습니다.

"엄마 마음부터 챙겨야 아이들도 챙길 수 있다."라고 하지만, 나에게 무언가 집중을 하다가도 아이들이 눈에 밟혀 다시 '아이들이 먼저야.' 하고 아이들에게 집중하게 됩니다.

저는 재테크에 성공해 수십억 자산가가 되었거나, 세상에 위대한 업적을 가진 사람은 아니지만, 하루에도 몇백 방울의 눈물과 천 방울의 불안감 속에서도 틈새 행복을 향해 달려가고 있습니다.

"저 지금 잘 살고 있는 거 맞나요?" 수십 번도 더 마음속에 외쳐봅니다.

누구나 이런 발버둥의 과정을 통해 '나'로 성장할 수 있고, 이런 찌질한 시골 아줌마도 성장하기 위해 살아가는구나 하는 것을 보여주고 싶었습니다.

먼저 선배 엄마가 된 엄마들에게는 공감을 주고 싶었고, 나보다 늦은 후배 엄마들에게는 선배 엄마의 따뜻한 조언 이자 후배 엄마라기보다 동 시간대를 살아가면서 아이들을 키우며 나 자신도 배워가는 동료 엄마로 공감을 주고 싶습니다.

처음 해보는 엄마와 내 인생은 힘든게 당연하고, 모두 잘하고 있다고 응원을 건네고 싶습니다.

이 책을 쓰면서도 여전히 매일 고민하고 하루하루를 헤매면서 성장해가는 똑같은 엄마일 뿐이지만 그런 저와 비슷한 고민을 하는 대한민국 평범한 엄마들이 용기를 내고 나만의 인생 스토리를 멋지게 만들어 가면 좋겠습니다.

이 책을 읽고 엄마들이 자존감을 되찾고 인생의 전환점에서 '나'를 찾아볼 수 있기를 간절히 바라는 마음입니다.

작가 강원주

제 1 장

나는 더 이상 엄마로만
살지 않기로 했다

Mom's Independence

사표, 던질 것인가 말 것인가?
워킹맘의 고민

때때로 직장에 사표를 던지고 나오는 상상을 하곤 한다. 아침 출근시간 때면 더하다. 일도 해야 하고, 엄마로서의 역할도 해내야 하기 때문이다.

오늘도 전쟁 같은 출근시간을 보냈다. 바빠서 대충 던진 잠옷을 바닥에 깔아두고, 아이들이 먹은 간식 그릇을 설거지통에 쌓아둔 채, 신발을 고르느라 한바탕 씨름을 했다. 추운 겨울인데 굳이 '크록스'를 신고 가겠다는 아들을 겨우 말려 부츠를 신겨 집을 나서는데, 이번에는 개미 구경 삼매경이다. 차를 타러 가는 3분이라는 짧은 시간 동안 지나가는 새에게 인사하고, 길에 있는 풀들과 정답게 대화를 나누고, 지나가는 고양이에게 말을 건다. 비 오는 날에는 장화를 신은 채 물웅덩이에 들어가 나올 생각을 하지 않곤 한다. 그러니 학교에 늦는 게 다반사였다.

"엄마, 지각이야. 나중에 보자.", "다음에 보자.", "다음에 만져 보자."라며 매번 '다음에'라며 아이들을 재촉할 수밖에 없다. 특히 월요일은 병원이 제일 바쁜 날이기 때문에, 빨리 출근해야 한다. 시간은 자꾸 가고, 아이들은 갈 생각을 하지 않고. 그러다 보면 목소리가 높아지거나 짜증 섞인 말을 하게 된다. 우여곡절 끝에 아이들을 어린이집이나 유치원, 학교에 보내고 나면, 혹이라도 떨어진 것처럼 그렇게 시원할 수가 없다.

겨우 아이들을 보내고 허둥지둥 직장으로 가는 길에, 여유롭게 아이를 등교시키고, 느긋하게 엄마들과 대화를 나누는 같은 아파트 라인의 전업 엄마들을 보면, '내가 무슨 부귀영화를 누리겠다고 이러나? 나라를 구하는 일을 하는 것도 아닌데, 내 새끼들을 꼭 이렇게 떼어 놓아야 하나?'라는 회의감이 들곤 한다. 하지만 잠시뿐, 출근하기 위해 운전대를 잡는 순간 그런 생각은 멀리 던져버린다.

많은 워킹맘들이 이런 위기를 겪는다. 도움을 받을 육아도우미가 있거나 친정이나 시댁 어른의 도움을 받을 수 있다면, 크고 작은 위기를 넘기면서도 계속 자기 일을 할 수도 있다. 하지만, 그런 도움을 받을 수 없는 엄마들은 일과 가정 사이에서 고민하다가 결국 일을 포기하게 된다.

사표를 쓰게 되는 결정적인 사유도 대부분 아이가 아파서이다. 아이가 아플 때마다 어린이집에서 연락이 오지만, 직장에서 적절한 대처를 할 수 없기 때문에 그저 발만 동동 굴릴 때가 많다. 특히 열이 나면 코로나나 전염성 문제가 있으므로 유치원에서 바로 아이들 데리고 가길 원한다. 그러다 보면 워킹맘의 속은 타들어갈 수밖에 없다. 아이가 아픈 게 꼭 엄마인 자기 때문인 것 같아서 죄책감으로 이어지기도 한다. 일하는 중에 그런 연락을 받으면 참 난감하다. 안 갈 수도 없고, 갈 수도 없고…. 결국에는 눈치를 보아 외출해서 아이를 병원에 데리고 갔다 와야 한다. 일반 직장은 보통 12시에 점심시간이라 그 시간에 병원 방문이 가능하지만, 나는 병원에 근무를 하다 보니 점심시간이 겹쳐서 어쩔 수 없이 진료시간에 외출해야 한다. 아무리 직원들이 배려를 해준다고 해도 눈치가 보일 수밖에 없다. 아이를 생각하기 전에 직장 눈치를 봐야 하는 상황에 더 힘이 든다.

이런 상황이 반복되다 보면, 주위에서 누가 눈치를 주지 않아도 스스로 눈치를 보게 되어 퇴사를 결심하게 된다. 어린이집까지는 그래도 괜찮다. 방학 때도 맞벌이 부부를 위해 통합반을 운영하기 때문에 큰 걱정이 없다. 문제는 초등학교 입학하고 나서부터다. 초등학교 저학년은 아직 혼자서 무언가를 하기에는 어리기에 엄마의 손길이 필요하다. 방학 때는 돌봄 과정이 있긴 하지만, 도시락을 싸야 하는 불편함이 따르며, 아이가 가기 싫어하면 어쩌할 방법이 없다. 정말 막막해진다. 신랑이 휴직을 내고 봐줄 때는 괜찮지만, 그렇지 않으면 학원을 돌려도 한계가 있다. 학원을 가더라도 밥을 먹고 가기 때문에 아침에는 대충 먹을 것을 준비해놓아야 한다. 점심은 배달음식을 시켜주는 게 다반사다. 일하다 말고 틈틈이 전화해서 밥 잘 챙겨 먹었는지, 학원 갈 준비는 잘 했는지 확인해야 한다.

바빠서 점심을 못 시켜준 날에는 아이들이 빵이나 냉장고에 있는 음식을 대충 꺼내서 먹고 가는데, 그럴 때는 내가 점심 먹기도 미안할 정도다. 아이들이 안쓰러워서 시어머님과 친정엄마에게 부탁을 하기도 하지만, 그마저도 양가 엄마들의 개인적인 스케줄이 있으면 어렵다.

그때마다 사표를 몇 번이나 꺼냈다가 집어넣는지 모른다. 당장에라도 사표를 던져버리고 싶지만, 그럴 수 없는 현실이 답답하기도 하다. 정말 사표가 쓰고 싶은 날이면 사표를 썼을 때와 안 썼을 때 일어날 수 있는 일들에 대해 가감 없이 적어본다. 그리고 정말 내가 무엇을 하고 싶은지 적어본다. 정말 아이 때문인지, 회사 일에 대한 회피용으로 사표를 핑계 삼는 건 아닌지…. 쓰다 보면 회피하는 나를 발견하기도 한다. 그럴 때는 사표를 집어넣고, 어떻게 하면 이 상황을 해결할 수 있을지에 대해 고민한다.

아이들은 자라면서 계속 문제가 생긴다. 지금 이 순간을 모면

한다고 해서 근본적인 문제가 해결되는 것이 아니다. 우리는 처음 엄마가 되었다. 아이들도 처음 태어나서 모든 것이 새롭고 어렵다. 서로 처음이다 보니 맞추는 데 시간이 걸린다. 때론 잘 헤쳐 나가기도 하고, 때론 실수하고 넘어지기도 한다. 그때마다 사표를 쓴다면, 엄마의 커리어는 송두리째 날아가게 된다.

학년이 바뀌고, 반이 바뀔 때마다 자라면서 다치기도 하고, 친구들과 다투기도 하는 등 크고 작은 일들이 일어난다.

만약 내가 직장을 그만두고 아이들에게 집중한다면 내가 할 수 있는 일이 뭘까 생각해 보았다. 청소나 집안을 좀 더 신경 써서 정리하고 꾸미는 일을 할 수 있으며, 아이들 공부를 조금 봐 주거나 아이들과 소통을 할 수 있다. 그런데 생각해 보면 낮 시간 동안 대부분 아이들은 학교나 학원에 가고, 친구들을 만난다. 계속 집에 있다고 해서 아이들과 소통하는 시간이 더 늘어나는 것도 아니다. 거기에다 아이들은 클수록 엄마보다는 또래 친구들을 찾는다.

일을 그만두면 아이가 잘 자랄 것이라는 환상. 그저 엄마의 죄책감이 만든 환상에 불과하다. 일을 그만두고 '전업맘'이 된다고 해서, 24시간 붙어서 아이들을 케어할 수 있을 것이라는 착각은 버리자. 양보다는 질이다. 평일에 조금 적게 교류하더라도 주말에 함께 캠핑을 가거나 단체로 대청소를 할 수 있다. 아이들 공부도 엄마보다는 전문가에게 맡기고, 대신 아이와 대화할 때 단순한 질의응답보다는 깊이 있는 대화를 하는 것이다. 같이 무언가를 만들거나, 의견을 나누는 무언가를 찾을 수 있다.

편도선 절제 수술로 한 달 가량 휴직을 한 적이 있다. 푹 쉴 거라고 생각했는데 생각보다 할 일이 많았다. 숨은 집안일을 하고, 쌓아둔 옷을 수선 맡기고, 버릴 것 버리고, 정리할 것 정리하다 보니 하루가 금방 지나갔다. 집안에 일도 겹쳐 일어나는 등 분명 쉬고 있음에도 아이들 케어는 여전히 직장 다닐 때와 같았다. 그때 생각했다. '아. 직장을 그만둔다고 해서 아이들을 오롯이 100% 케어할 수 있는 것이 아니구나. 그건 내 욕심이었구나.'하고 말이다.

정말 필요하면, 차라리 잠시 휴직을 하는 것도 좋다. 아이들이 사춘기라면 어쩌면 직장맘이 되는 것이 더 무난하게 지나갈 수단이 될 수도 있다. 사춘기에는 보여도 안 보이는 척, 들려도 안 들리는 척 넘어가 줄 줄 알아야 하는데, 계속 아이만 보고 있다 보면 그게 쉽지 않다. 차라리 물리적으로라도 바쁘면 자연스럽게 모른 척하는 것이 된다.

나는 단호하게 매몰차지도 않고, 그렇다고 내 엄마가 그랬듯이 아이들에게 희생적이지도 않은 어중간한 엄마였다. 집안일도, 육아도, 요리도, 그저 그런 평범한 엄마들보다 더 못한 실력을 갖추고 있다. 그렇다고 일을 어마어마하게 잘해서 유의미한

성과를 낸 것도 아니었다. 이것저것 전부다 잘 하려고 하다 보니, 이도 저도 아닌 엄마가 되어버린 것이다.

틈만 나면 누우려고 하고, 쉬려고 하고, 어떻게든 나만의 시간을 짜내어 밤새 드라마를 보고. '혼맥(혼자 먹는 맥주)'을 하고…. 그렇게 하루를 보내고 나면 다음날 피곤해서 또 짜증이 올라오고…. 더 이상은 그렇게 살고 싶지 않았다. 도돌이표처럼 흘러가던 내 세상에 마침표를 찍고 싶었다.

사표, 던질 것인가 말 것인가 고민할 시간에 이제는 내게 오롯이 집중한다. '누구 엄마'가 아닌 그냥 '강원주'로, 열정 가득했던 그때 모습 그대로 살아가기로 했다.

아이는 온 세상이
함께 키우는 것이다

26살. 어리다면 어리고, 많다면 많은 나이. 치과위생사 4년차에 나는 일찌감치 외과전문의로 유명한 치과병원에 실장으로 스카우트 되었다. '전문의'가 흔하지 않은 지방에서, 그것도 '외과전문의'가 있는 치과의 실장이라는 타이틀이 너무나 뿌듯했다. 제대로 배워서 성장하고 싶었다. 이때 나는 결혼을 하고 임신한 상태였지만, 그럼에도 열정만큼은 누구 못지않았다.

지방에 위치한 병원이라 직원이 잘 구해지지 않아서 거의 혼자서 시스템을 구축해야 했다. 더구나 원장님의 완벽주의 성향 때문에 직원이 들어와도 얼마 있지 않아 그만두는 일이 빈번했다. 원장님이 직원들에게 소리를 질렀다고 해서 당장 사표를 쓰고 나오지 않는 직원도 있었다.

당시 치과는 경북 상주에 있었고, 신혼집은 구미에 있었다. 원래 구미에 자리를 잡으려고 집을 구했는데, 상주에 있는 병원에 취직하면서 꼬여버렸다. 할 수없이 상주에 다시 집을 구하고, 신랑이 구미로 출퇴근하기로 했다. 임신상태에서 내가 장거리 운전을 하는 것은 위험하다는 판단에서였다.

그렇게 출산 며칠 전까지 병원에서 일을 했고, 드디어 첫아이와 만날 수 있었다. 기쁨도 잠시, 바로 출산휴가를 내고 매일 아이와 전쟁 같은 하루를 보내야 했다. 겨우 적응 할 때쯤 되니 벌써 출근해야할 시간이 다가오고 있었다. 길다면 길고, 짧다면 짧은 150일간의 출산휴가. 이제 출근 전 준비를 해야할 때였다. 겨우 3일을 앞둔 상태라 마음이 조급해졌다.

워낙 모유량이 많아서 조리원에서 쌍둥이 모유라고 할 정도였는데, 출근하려면 모유수유를 중단할 수밖에 없었다. 미리 모유를 말리고 분유를 먹이는 연습을 시켰어야 했는데, 조금이라도 더 모유를 먹이고 싶은 내 욕심에 미루고 미루다가 출근 3일을 남기고서야 분유수유 연습을 했다.

왜 나는 아기가 분유를 주면 바로 잘 먹을 것이라고 생각했을까? 아이는 분유를 거부했고, 모유를 달라며 계속 울기만 했다. 거의 2일 동안 젖병을 물지 않아 굶겨야만 했다. 그 모습을 보자니 마음이 아팠다. 억지로 엿기름을 먹고 젖을 삭히다 보니 몸에도 무리가 왔다. '이렇게까지 해야 하나.'라는 생각이 몰려왔지만, 실장으로서 출근해야 한다는 사명감이 나를 다시 일으켜 세웠다. 당시 초등학교 4학년이었던 막냇동생은 아이가 울 때마다 같이 울면서 "그냥 좀 젖 줘. 애가 울잖아!"라고 소리쳤다. 속상한 마음에 나도 펑펑 울었다.

급하게 분유수유 연습을 마치고, 겨우 150일 된 아기를 어린이집에 보내고 출근했다. 아직 아무것도 모르는 아기도 무언가 눈치를 챈 것일까? 어린이집에 데려다줄 때면 울며 떨어지질 않았다. 억지로 떼어낼 때마다 가슴이 미어졌다. 게다가 아이가 적응을 하지 못해 어린이집을 3번이나 옮겨야 했다. 다행히 마지막으로 옮긴 곳에서 원장님과 선생님이 너무 예뻐해 주셔서 그곳에 정착할 수 있었다.

실장이라는 직책 때문에 가장 일찍 출근하고 가장 늦게 퇴근해야 했다. 아이에 대한 걱정도 책임감에 밀려 잠시 잊고 집중했다. 그리고 퇴근하자마자 바로 어린이집으로 향했다. 일이 바빠서 늦게 마치는 날이면 허겁지겁 달려갔다. 어린이집에 도착하면 신발장에 홀로 남아있는 우리 아기 신발부터 보였다. 다른 아이들은 모두 하원하고 없으니, 마지막까지 남아있는 건 늘 우리 아기였다. '전생에 내가 무슨 죄를 지었을까?' '지금 내가 뭐하는 걸까?' 하는 마음에 다 때려치우고 싶다가도, 선생님 품에 안겨 빵긋 웃는 아이를 보면 다시 힘을 낼 수 있었다. 선생님께 하루 일과를 전해 들으면서 내가 일하느라 놓쳤던 아이의 조각들을 주워 담았다. 아침부터 점심과 간식까지 챙겨 먹여주시고, 저녁에는 배가 고플까 봐 오후 늦게 간식도 챙겨 먹여주셨단다. 자신의 아이처럼 살갑게 챙겨주고, 내 표정까지 읽고 "어머니 오늘 힘드셨어요?"하고 안부를 물어봐 주시는 참으로 친절한 분이었다. 그렇게 감정을 치유 받고 편하게 일할 수 있었다.

토요일은 어린이집이 쉬기 때문에 시댁에 아이를 맡겨야만 했다. 어머님은 아이를 예뻐해서 늘 잘 돌봐주셨고, 친정 엄마와 막내 여동생도 아이를 잘 돌봐주었다. 여동생은 그 당시 12살로 초등학교 5학년이었는데, 2살짜리 조카인 아기에게 우유를 타 먹이고, '까꿍 놀이'도 하면서 잘 놀아주었다. 그렇게 첫째 아이는 내 실장 경력과 함께 무럭무럭 자라 어느덧 3살이 되었다.

가을의 끝자락을 달리던 어느 날, 감기에 걸렸다. 얼마나 지독한 지 한 달 가까이 감기약을 먹었고, 몸이 너무 아파서 찾아간 내과 선생님 덕분에 갑자기 둘째가 찾아온 사실을 알게 되었다. 새로 병원을 옮긴 지 2달째 되는 달이었다. 너무 갑작스러웠다. 입덧이 바로 시작되어 수액을 맞으며 출근을 했다. 입사한지 2달밖에 안된 터라 임신 때문에 이런저런 소리를 듣고 싶지 않았다. 버티고 버텼지만, 물만 마셔도 토가 나와 도저히 일을 할 수가 없었다. 네트워크 병원에서 제대로 시스템을 배우고 싶어 입사했는데 2달 만에 그만둬야 하다니, 아쉽기도 하고 속상했지만 더 이상 피해를 줄 수 없었다. 조심스럽게 퇴사하겠다는 말씀을 드리고 쓰린 마음을 안고 집으로 돌아왔다.

퇴사 후 3일째 되는 날, 총괄실장님한테서 전화가 왔다.

"원장님이 3층 진료실에서 예방이나 스케일링 업무를 하면 어떨까 하시더라고. 힘드니까 앉아서 할 수 있는 업무들로 배정을 해서 일하면 좋겠다고…. 본인 생각은 어떤지 물어보라고 하셨어."

나는 뛸 듯이 기뻤다. 원장님이 배려해 주신 덕분에 보름 정도 누워서 몸을 회복하고, 만삭까지 그 치과에서 근무를 할 수 있었다.

원장님은 진료적인 부분도 중요시하시지만, 환자에 대한 예의로 복장, 메이크업 등에도 신경을 많이 쓰셨다. 머리카락이 흘러내리지 않는 단정한 머리 스타일, 잘 빨아서 깨끗한 옷, 여기저기 밟힌 자국이 없는 깨끗한 신발, 짧게 다른 손톱, 바른 자세와 태도들을 강조하셨다. 그래서 모든 직원들이 깔끔하고 단정했다.

나 또한 늘 단정하게 하고 다녔는데 배가 점점 불러오다 보니 놓치는 부분이 생겼다. 나는 그 당시만 해도 메이크업이나 꾸미는데 영 젬병이었기 때문에 항상 원장님의 지적 대상이었다. 하지만 원장님은 상대방을 기분 나쁘게 하지 않게 하면서 항상 유쾌하게 말씀을 해주셨다.

"강 실장~ 눈썹 좀 그려라. 당신이 모나리자가?"

그 말에 거울을 보았는데, 내가 보기에도 민낯에 칙칙했다. 얼른 눈썹을 쓱쓱 그려 보여주니 "그래 그거지!"하며 호탕하게 웃으셨다. 아무래도 내 기분이 다운된 것을 알고 기운 내라는 뜻이 아닌가 싶다. 임신을 하면 이상하게 이해가 되지 않을 정도로 감정기복이 심하고, 피곤하며, 몸이 쳐진다. 호르몬 영향 때문이라고 하지만, 그때마다 나도 모르게 날카로워지니 환자에게도 그대로 전달될 수 있었다. 원장님은 그렇게 쳐질 수 있는 분위기를 활기차게 만들어 주는 배려를 하신 것이었다.

한창 일하고 있는데 부장님이 호출하셨다. 무슨 일인가 싶어 가봤더니, 쪽지 하나를 손에 쥐여 주셨다. 그러고는 "메이크업 매일 하기 힘들지? 병원 바로 앞에 속눈썹 붙이는 데 있더라. 거기 가서 붙이고 와." 하는 게 아닌가? 쪽지를 펼친 나는 깜짝 놀랐다. 편지가 아니라 돈이었다. 너무 놀라 잠시 말을 잊었다. 그리고 나도 모르게 엉엉 울고 말았다. 그 마음이 너무 감사해서. 무거운 몸 이끌고 육아하랴 일하랴 사실 지치기도 했는데 힘들었던 것들이 사르르 녹아내리는 기분이었다. 임신했다고 유세 떠느냐고 하는 회사도 있다는데, 정말 나는 복 받은 것 같았다.

당시 나는 상담 파트와 예방 파트 업무를 맡고 있었는데, 상담 업무는 실장님께서 내 순번이 되어도 본인이 주로 맡아서 해 주셨고, 다른 동료 직원들도 스케일링 업무 같은 어렵지 않은 일들 위주로 배치해 주며 배려해 주셨다.

거기에다 임산부는 잘 먹어야 한다며 도우미 이모님은 늘 아침마다 나를 불러서 고구마, 빵 등 간식을 챙겨주셨다. 그 당시, 내 주변의 단 한 사람도 소중하지 않은 사람이 없었다. 모두들 내가 아이를 잘 키울 수 있도록 도와주고 배려해 주었다.

아이는 온 세상이 함께 키운다는 말이 있다. 내가 낳은 자식이라고 해서 내 손만으로 키우는 것이 아니라, 세상 사람들을 통해 아이는 성장해나간다. 요즘같이 맞벌이를 하지 않으면 살기 힘든 세상에 아이를 함께 키워주는 사람들이 있다는 것만으로도 감사하다. 꼭 엄마가 아이를 키워야 한다는 생각은 내려놓자. 엄마가 하루 온종일 24시간 붙어 있다고 해서 아이가 잘 크는 것은 아니다. 오히려 아이를 위해 경제적으로 뒷받침해줄 수 있는 것이 더 큰 도움이 될 수 있다. 그러니 한 템포 쉬고, 내려놓자. 아이는 온 세상이 함께 키우는 것이다.

꿈의 친구를 만나
꿈을 이루다

～～～～～～～～～～～～～～～～～～～～～～～～～～

당신은 꿈이 있는가? 아마 많은 사람들이 저마다 꿈을 갖고 있을 것이다. 나 또한 꿈이 있었다. 하지만 내 꿈에 대해 입 밖으로 꺼내지 않고 간직하고만 있었다. 그저 '꿈'을 '꿈'으로만 간직하고 있었고, 한 번도 밖으로 꺼내보려고 하지도 않았다. 왠지 다른 사람들이 비웃을 것만 같았다. 그저 다들 한 번쯤은 가슴에 간직하는 것이 꿈이려니 하고 생각했다. 그 꿈을 꺼내볼 용기도 내지 못한 채 그렇게 하루하루 살아갔다. 아니, 살아냈다.

여느 날과 다름없이 '인스타'에서 파도를 타며 이것저것 둘러보다가 우연히 한 친구의 글을 봤다. '어? 뭐지? 분명 이선영. 그 친구 맞는 것 같은데. 강의를 한다고? 회사를 세웠네?'라며 팔로워도 아니면서도 계정을 열심히 염탐했다. 당시 나는 치과 실장으로서 치과건강보험 청구를 제대로 배워 매출을 올리는데 관심이 있었다. 그런데 그 친구가 강의와 컨설팅을 한다는 것이 아닌가? 친구의 강의를 들어보고 싶었지만 망설여졌다.

사실, 그 친구는 내 대학교 동기다. 그때 나는 뒤에서 1, 2등을 왔다 갔다 하고 있었고, 친구는 앞에서 1,2 등을 다투며 장학금을 받았다. 친하지도 않았고, 성향도 반대에 공부도 반대. 대학 3년 내내 말 몇 번 건네지 않았던 친구기에 쉽게 다가가기 어려웠다. 며칠을 망설이다 용기를 내어 쪽지를 보냈다.

"안녕. 나 기억하는지 모르겠어. 강원주라고. 다름이 아니라 네가 하는 강의에 관심이 있는데, 강의가 언제 있어?"

보내고 나서 초조하게 기다리는데 답이 바로 왔다. "응~. 당연히 알지. 연락처 줄게."하고 전화번호를 보냈다. 그렇게 우리는 전화 통화를 하며 인연이 다시 시작되었다.

그 당시 내 인생은 지방에서 아이를 키우며 '치과→집→치과→집'을 반복하며 정말 아무 일도 일어나지 않는 평범한 일상 그 자체였다. 그랬던 내게 크나큰 사건이 벌어진 것이다. 친구는 서울 강남에서 강의를 하고 있었다. 강의를 듣기 위해서는 서울까지 버스를 타고 가야 했는데, 아이가 어려서 주말에 강의를 여러 번 듣는 게 쉽지 않았다. 그래서 친구에게 아날로그적인 방식이지만, 간절한 마음으로 물어봤다. 당시 온라인 강의가 있긴 했지만, 학생들을 위한 교육이 대다수였고, 병원 강의는 오프라인이 주였다.

"혹시, EBS 교육방송에서 강의하는 분들처럼 그렇게 강의영상 만들어서 지방에 사시는 분들이나 멀리서 오는 분들한테 돈을 받고 파는 게 어때? CD로 구워도 좋을 것 같고."

그렇게 물어보고 얼마 지나지 않아 친구에게 연락이 왔다.

"내가 유튜브 강의를 만들었어. 공부에 도움이 될 거야."

내 말에 바로 강의영상을 만들었다는 것이다. 그 실행력에 감탄했다. 강의영상은 정말 대박이었다. 어디에도 없는 첫 온라인 강의가 탄생한 것이었다. 유튜브에 비공개로 업로드해서 등록한 G메일 주소로 로그인 한 사람만 볼 수 있게 했는데, 당시에는 그조차도 센세이셔널 했다. 온라인 교육전문 업체처럼 서버를 보유하고 한 것은 아니지만 불편함이 없었다. 매일 강의를 듣고, 교재를 보고 복습하고, 실습을 하면서 점점 실력이 늘어갔다. 단순히 듣기만 하는 교육이 아니라 각자의 병원에 맞게 세팅할 수 있는 눈을 길러주며, 과제를 내주고 피드백까지 해주는 생생하게 살아있는 수업이었다.

공부를 하다 보니 점점 더 치과건강보험 청구라는 매력에 풍덩 빠져버렸고, 내게는 보험 청구 컨설턴트라는 또 다른 꿈이 생기기 시작했다. 꿈을 그저 간직만 하고 있던 내가 첫 발을 내디뎠더니 더 큰 꿈이 내게 찾아온 것이다. 그것도 실제로 이룰 수 있는 꿈 말이다.

친구는 1인기업으로 혼자 컨설팅과 강의를 하다가 '다온 CSM 컴퍼니'라는 회사와 함께 일하게 되었다고 했다. 그곳에서 치과건강보험 컨설턴트 과정을 강의한다고 해서 바로 신청했다. 그렇게 해서 나는 '치과건강보험 컨설턴트'이자 '병원 전문강사'의 길을 걷게 되었다.

토요일까지 6일 근무를 하고, 일요일은 매주 새벽에 서울행 버스를 탔다. 일주일이 '월화수목금금금'의 연속이었다. 지금 다시 그 과정을 해내라고 하면 할 수 있을까 싶을 정도로 굉장히 빡센 일정이었다. 매주 나오는 과제도 해내야만 했다. 일을 하다 보니 시간이 없어서 아이들을 재우고 밤을 새워 과제를 했다. 며칠 못 자고 피로회복제를 먹고 일하는 날도 많았다. 과로 때문에 봉지를 들고 화장실에 토하러 가도 그저 설레고 행복했다. 정말 강사가 되기 위해 피나는 노력을 했다. 잠 한숨 못 자고 출근해도 피곤하지 않았다.

작가 로버트 오번은 이렇게 말했다.

"이 세상에 현실주의자들은 자신이 어디를 향해 가는지 안다. 하지만 꿈꾸는 자들은 이미 그곳에 다녀왔다."

나 또한 '이선영'이라는 멘토를 보며 꿈을 꾸었더니 꿈이 나를 이 자리에 올 수 있게 했고, 말 한마디 남들 앞에서 잘 할 수 없었던 사람이 6시간 풀 강의를 할 수 있게 되었다.

꿈꾸는 것은 무료지만 그 과정은 유료일 수밖에 없다. 나는 아이들과 주말에 함께 하는 대신 신랑에게 맡기고 '가족과의 시간'이라는 기회비용을 들였고, 친한 친구의 결혼식 날 강의를 해야 하는 기회비용이라는 대가를 지불했다. 그래서 더 이상 꿈을 꾸지 않을 것이냐고 묻는다면 내 대답은 "NO"이다. 그럼에도 불구하고, 그렇기에 나는 더욱 꿈을 꿀 것이다.

글쓰기, 책 쓰기로 브랜딩 설계를 해서 1인기업가들의 퍼스널 브랜딩을 도와주는 이선영 작가는 여전히 나의 '꿈 친구'로 미래를 나누며, 선한 영향력 있는 사람으로 살기 위해 노력하고 있다. 내 꿈은 현재진행형이다.

죽기 전에 "내가 더 열심히 일해서 돈을 많이 벌었어야 했는데."라고 후회하는 사람은 없다고 한다. 내가 못 먹은 밥, 내가 못 가진 가방, 내가 못 가본 여행지를 떠올리지 않는다. 현실 때문에 아니 현실과 타협하면서 내가 이루지 못한 '꿈'을 떠올린다. 경험이 없어서, 기회가 없어서, 이미 늦어서, 인간관계 때문에 등등 각종 핑계로 인해 말라버린 꿈들을 중년이 되고, 노년이 되어 '그때 한 번만이라도 해볼걸.', '시도라도 해볼걸.'하고 후회해도 소용없다.

가장 빠른 시간은 '지금'이다. 우리는 시간을 되돌릴 능력이 없다. 단 1초도 말이다. 어쩌면 꿈을 이루기에 늦은 때일지도 모른다. 내가 대가를 치러도 이루지 못할 수도 있다. 그렇지만, 그

렇기에 오늘부터 그 대가를 치르더라도 내 안에 꿈틀대는 꿈을
꺼내보자. 당신의 꿈은 포기하기엔 너무 찬란하니까.

'찌질한' 아줌마에서
성공한 커리어우먼으로

초등학생 때부터 대학생 때까지 나는 언제나 꼴등이었다. 공부에 취미가 없었다. 대학은 반드시 가야 하는 것이라는 사회적 통념에 따라갔을 뿐, 실은 왜 가야 하는지 알지 못했다. 하기 싫은 공부를 꾸역꾸역 해서인지 대학에 입학하자마자 아무것도 하고 싶지 않아서 그냥 놀았다. 학비는 벌어야 했기에 열심히 아르바이트를 했고, 그 때문에 피곤을 달고 살았으며 정작 학교에서는 잠만 잤다. 학교를 빼먹고 놀러 가기도 했다. 거의 F학점을 받을 뻔 한 적도 있었지만, 운이 좋았는지 어찌어찌 잘 피할 수 있었다.

그렇게 뺀질뺀질 공부는 하지 않고 놀기만 하다가 국가고시가 얼마 남지 않은 어느 날, 모의고사 결과를 보고 충격을 받았다. 학과에서 꼴등이었다. 이런 식으로 나가다가는 국가고시에 떨어지고, 3년간의 학교생활이 물거품이 될 수 있는 상황이었다. 그제야 정신이 번쩍 들었다. 3년 동안 힘들게 아르바이트를 해서 번 돈으로 학교를 다녔는데 그동안 내가 뭘 한 건가 싶었다. 그때부터 친구에게 요점 노트를 부탁하고 공부하기 시작했다. 마치 고등학생으로 돌아간 것처럼 '나머지 수업'도 했다.

결국 국가고시에 합격하고 치과병원에 취업할 수 있었다. 그런데 내가 그동안 살아온 습관이 있다 보니 취업해서도 뺀질거림은 계속되었다. 대충 시간을 때우며 일을 했던 것이다. 어떠한 꿈도, 목적도, 희망도 없이 말이다. 그러던 어느 날, 치과병원 취직을 위해 면접을 보는데 원장님이 내게 어떤 꿈을 갖고 있느냐고 물었다. 꿈이 있느냐는 질문은 정말 오랜만에 들어보는 것이라 생소했다.

"큰 문화회관에서 많은 시민들 상대로 연령별로 치아 관리하는 방법들을 강의해 보고 싶어요."

그때까지 한 번도 강의를 해보겠다고 생각해 본 적 없었던 나인데, '꿈'을 얘기하자 갑자기 심장이 벌렁거렸다. 무조건 해야겠다는 생각에 대학교 다닐 때도 보지 않았던 교과서를 다시 꺼내 읽기 시작했다. 원장님이 보시는 의사들의 책을 빌려 보기도 했다.

이후 나는 문화회관에 설 수 있었을까? 비록 큰 문화회관에서 강의를 하지는 못했지만, 대신 새로운 꿈이 생기면서 강사에 도전할 수 있었다. 나의 꿈 친구 〈체인지영 컴퍼니〉 이선영 대표에게 치과건강보험 온라인 스터디를 2기수에 걸쳐 배웠고, 〈다온 CSM 컴퍼니〉에서 이사로 있을 때 치과건강보험 컨설턴트 1기에 도전했다. 그리고 멋지게 실습까지 완료해서 1기 컨설턴트로 활동할 수 있었다.

이후 '병원 전문 프로강사과정'을 통해 사람들 앞에 서서 내가 그동안 쌓아온 지식과 경험을 마음껏 발휘할 수 있었다. 처음에는 말을 더듬는 등 준비한 강의가 뒤죽박죽이었지만, 대표님과 이사님들이 정말 많이 도와주셔서 자신감을 되찾을 수 있었다. 특히 강의 전날 밤에 대표님과 이사님이 밤새 피드백하고, 밤을 꼴딱 새워 꼬질꼬질해진 모습 때문에 강의가 눈앞에 다가왔는데도 목욕탕에 가서 씻고 나왔던 일은 정말 잊을 수가 없다. 그날 이후로 더 이상 무대 위에서 떨지 않게 되었고, 말을 더듬거나 횡설수설하는 일도 사라졌다.

그런 과정을 겪으면서 '임상강의의 신'이라는 별명이 붙었고, 치과계에서 신박하고 특별한 임상강의를 하는 강사로 유명해졌다. 그동안 없었던 실습을 직접 할 수 있게 기획하고, 진짜 사람 같은 모델을 구하기 위해 중국 시장까지 뒤져서 내 돈으로 직접 사서 준비했다. 또 매 강의 때마다 수강료가 아깝지 않을 만큼 선물을 준비했다. 강의를 하는 시간이 너무 행복했고, 무엇을 더 줄

까를 고민하며 강의를 만들었다.

나는 특별히 잘하는 게 없는, 그저 그런 아줌마였다. 학교 다닐 때는 성적이 바닥을 기었고, 국가고시도 거의 떨어질 뻔했다. 스스로 자신감이 없어 늘 "나는 잘 못해."라는 말을 입버릇처럼 하고 다녔다. 자존감이 바닥을 쳐서 무엇에도 도전할 생각을 하지 못했다.

그랬던 내가 생각 하나 바꿨을 뿐인데, 그때부터 인생이 180도 바뀌어버렸다. 강사과정을 수료하기 위해 매일 서울행 버스에 올랐다. 강사가 되고 나서도 강의를 하고, 새로운 강의를 듣고 업그레이드하기 위해 여전히 서울행 버스에 올랐다. 상주에서 서울까지 왕복 6시간 거리는 내 열정을 막지 못했다. 그저 즐겁고 행복하기만 했다.

그동안 낮은 자존감으로 나 자신 하나 컨트롤하지 못하면서 아이들에게는 자신감을 강요했고, 한국의 경쟁사회를 비판하면서도 아이들에게는 무조건 이겨야한다며 부정적인 기운만 가득 주었다. 명품가방을 들고, 명품 옷을 입고, 명품차를 타고 다니는 사람들을 보며 상대적 박탈감을 느끼면서 '나도 저렇게 살아야 해.'라는 강박도 생겼다. 그래서 여유도 없으면서 비싼 옷을 사서 입고, 네일숍을 다니고, 여유롭게 보이려는 '척'을 했다.

그랬던 내가 내 안에 빈 공간이 하나 둘 채워지면서 아이들에게 선하고 긍정적인 에너지를 주고, 남들보다 특별하게 보여야 한다는 강박도 없어졌다. 다른 사람들에게 보이기 위해 사는 것이 아니라, 내가 행복해지기 위해 산다는 것을 깨닫고 나니 온 세상이 달라 보였다.

나는 내 인생을 사랑한다. 평범한 엄마도, 나처럼 모자랐던 엄마도, 특별하지 않아도 괜찮다. 지금은 조금 아이들과 함께하면서 잠시 쉼을 갖는 시간도 있지만, 이 시간으로 인해 나는 더 단단해질 것이다.

누구나 자신만의 씨앗을 갖고 있다. 그 씨앗이 봄에 피는 사람이 있고, 여름에 피는 사람이 있으며, 겨울에 피는 사람이 있다. 조금 늦게 피는 꽃은 있을지라도 피지 않는 꽃은 없다. 내 안의 씨앗을 소중하게 간직한다면 언젠간 만개할 것이다.

월급 외 부수입으로
300만 원 벌다

～～～～～～～～～～～～～～～～～～～～～～～～

"우황청심환 좀 먹고 올게요."

내 첫 강의는 보험 청구 컨설턴트 동기 4명과 콜라보로 시작했다. 난생처음 하는 강의다 보니, 너무 떨려서 심장이 쿵쾅대고 입안은 바짝 말랐다. 내가 2번째 연자라 첫 번째 연자의 강의를 들으며 서 있는데, 다리가 후들거려서 도저히 서 있을 수 없었다. 자꾸만 몸이 기울었다. 우황청심환을 먹었는데도 소용이 없었다. 어떻게 강의를 했는지 솔직히 기억조차 나지 않는다. 머릿속이 새하얗게 되었지만, 다행히 말을 할수록 조금씩 정신이 돌아오면서 준비했던 모든 것들을 무사히 마칠 수 있었다.

첫 무대라고 해서 멀리 상주에서 같이 일하는 선생님들과 주변 치과병원 선생님들이 서울까지 올라와서 응원해 주었다. 토요일까지 풀로 근무하고, 그나마 쉬는 휴일인 일요일을 반납하고 먼 곳까지 응원 와준 선생님들. 그 마음이 여전히 눈물 나게 고맙다. 첫 강의하기 전 대표님과 이사님들의 피드백으로 겨우겨우 살려낸 내 강의. 강사과정 중에서 내가 가장 느리고 못해서 연습하다 말고 대성통곡했던 기억들이 머릿속에 주마등처럼 지나간다.

그렇게 남 앞에서 말 한마디 못하던 내가, 벌벌 떨면서 겨우 말을 이어갔던 내가 강의를 하나, 둘 이어가면서 점점 나아졌다. 처음에는 대표님과 이사님이 하루 6시간 강의를 하는 것을 보고 너무 놀라서 그들이 '넘사벽'으로만 느껴졌었다. 그런 내가 두 번째 강의인 '치주치료 프로그램으로 단골 환자 만들기' 4시간짜리 강의를 하고, 이후 '임플란트 임상 뻔강', '보철 임프레션', '어시스트의 신', '치아 사보험', '틀니의 신', '치과 약 처방의 비밀'까지 하나씩 만들어간 결과, 혼자서 6시간을 강의하고 있는 내 모습을 볼 수 있었다.

아침잠이 많아서 늘 늦잠 자기 일쑤였던 내가, 버스만 타면 멀미 때문에 검은 봉지 하나 들고 벌벌 떨었던 내가, 어느 순간 내 다리가 퉁퉁 붓는지도 모른 채 '열강'하는 모습이란! 수강생들의 반짝이는 눈을 보노라면 너무 신이 나서 내가 아는 모든 것들을 다 토해냈다. 어느 샌가 나는 두려움을 이겨내고 강의를 즐기고 있었다.

내가 하는 강의는 대부분 실습이 함께 하는 강의였는데, 재료 준비부터 남달랐다. 보철 인상채득과 임플란트 인상채득 실습 강의는 내가 직접 다 본을 떠서 거래처 기공소에 맡겼고, 기공소 소장님과 모델 선정까지 고심해서 실습하기 좋게 완벽하게 준비했다.

최대한 수강생들이 다 가져갔으면 하는 바람으로, 거래처 재료 사장님이 외국에 출장 가시면 꼭 구해달라고 부탁해서 국내에 없는 실습용 모델도 구했다. 이 모델을 본 사람들은 다 놀랄 정도로 현실적이고 디테일했다. 실제로 혀와 입술, 볼까지 완벽 재현해서 진짜 환자에게 하는 느낌이었다. 이 모델로 '어시스트의 신' 강의 실습을 할 수 있었다.

더불어 체어 회사 직원에게 부탁해서 실제 체어도 준비했고, 임플란트 실습을 할 때는 임플란트 회사 지점장님께 부탁해서 재료를 구했다. 같이 일하는 직원들은 재료 포장부터 소독까지 모두 도와주었고, 강의가 끝나면 재료 세척과 정리까지 척척해주었다. '치주 프로그램' 강의 할 때 코팅지에 치주 사진으로 실습을 해야 하는데, 이때 인쇄소 실장님 찬스로 선명하게 제작할 수 있었다.

이 모든 것들은 주변의 도움과 나의 노력으로 만들어낼 수 있었다. 실습 강의이기 때문에 준비부터 강의까지 너무 힘들었지만 그조차 그저 행복하고 설레었다. 이런 내 마음이 그대로 전달

되었을까? 나는 '임상의 신'이라는 별명으로 불리며 치과임상계 강의에 한 획을 그었다. 지금까지 이런 실습은 없었다는 찬사와 함께 말이다. 보통의 경우 영상으로 대체하거나 실질적인 실습이 아닌 이론에 그쳤지만, 나는 불가능을 가능으로 이끌어냈다.

그러나 이에 만족하고 멈추지 않았다. 계속해서 새로운 강의를 만들었고, 앵콜 강의 문의와 함께 대학교 치위생학과에서도 요청이 들어왔다. 그리하여 3학년 학생들을 대상으로 임플란트 인상채득 실습 강의, 보철 인상채득 실습 강의를 하기도 했다. 그렇게 매달 내 통장에는 월급 외에 강의료로 200~300만 원이 찍혔다. 어떤 달은 월급의 2배가 들어오기도 했다.

시골에서만 거의 지냈던 내가 서울 강남 한복판에서 강의를 하고, 임상의 신이라고 불리다니! 정말 상상도 하지 못했던 일이었다. 실습 강의가 있을 때면 무거운 재료들은 미리 삼성동 아카데미로 택배를 부치고, 캐리어를 끌고 또각또각 구두 소리를 내며 서울로 향했다. 실은 어릴 적 내 꿈이 승무원이었는데, 어찌 보면 캐리어를 끌고 구두를 신고 멋지게 걷는 내 모습으로 꿈을 이룬 거나 다름없었다.

만약 내가 아이를 키우면서 그저 시골 치과의 실장으로만 만족하고 살았다면 어떻게 됐을까? 지금의 내 모습이 될 수 있었을까? 아마도 더욱 땅굴을 파며 매일 일희일비하며 살고 있었을지도 모른다.

내가 일을 한다고 해서 아이들이 내팽겨진 것도 아니었다. 나는 여전히 아이들의 꿈을 응원하면서 내 꿈을 향해 나아가고 있다. 이런 내 모습이 오히려 아이들에게 더 좋은 영향을 미쳐서 아이들도 꿈을 꾸며 나아간다.

예전에는 '찌질한' 아줌마였던 나를 이제는 신랑이 내 꿈을 응원하며 지지해 준다. 더 열심히 하라고 대학원까지 지원해 주었고, 서울 강의장까지 왕복 6시간 거리를 운전해서 데려다주곤 했다.

내 위치는 내가 만드는 것이다. 내가 그 자리에 멈추겠다고 생각하면 그 자리에 있는 것이고, 앞으로 나아가겠다고 마음먹으면 앞으로 나아가는 것이다. 모든 것은 내 생각에 달려있다. 지금의 위치에서 벗어나고 싶은가? 꿈을 이루고 싶은가? 그렇다면 일단 한 발자국 내디뎌보자. 그게 내 꿈을 향한 첫행보가 될 것이다.

나는 나를 경영하는 CEO다

우리는 모두 나를 경영하는 CEO다. 나를 가장 잘 알고, 가장 잘 대접해 줄 수 있는 것은 나다. 그리고 경영의 주최자도 나다.

내가 아무것도 하지 않고 누워서 넷플릭스나 유튜브만 보겠다고 결심했다면 그에 대한 책임을 져야 한다. 아무것도 하지 않았으니 당연히 아무 일도 일어나지 않는다. 발전은커녕 제자리걸음을 하며 성장하지 못하는 '찌질이'가 되고 마는 것이니, 내가 나를 버리는 것과 진배없다. 세상에서 가장 사랑해야 할 나를 아무렇게나 방치해버린다면, 사회생활에서 다른 사람에게 아무리 잘 한다고 해도 아무 소용없다.

나 또한 남들과 비교하며 나를 '찌질이', 못난이로 만들고, 남들이 하는 모습을 부러워만 하면서 내 자존감을 갉아먹었다. 그들도 쉽게 그 자리에 가지 않았다는 것을 모른 채 말이다. 이렇다 할 성과도 없었으며, 무엇 하나 잘하는 것도 없었다. 아니, 뭘 해야 할지 몰랐다. 그저 남이 시키는 것만 하는 게 편했고, 혹시라도 남들에게 피해를 주지는 않을까, 나를 나쁘게 보지는 않을까 하며 전전긍긍했다. 실은 남들은 내게 전혀 관심이 없는데도 말이다. 나 혼자만 남들을 의식하며 나를 죽여 왔다.

그러던 내가 처음으로 여성 CEO를 접한 것이 친구이자 병원 컨설턴트, 작가, 책 쓰기 코치로 활동하는 〈체인지영 컴퍼니〉 이선영 대표였다. 그녀는 지금까지 치과에서 일하면 치과 일만 평생 해야 한다고만 생각했던 나에게, 작가도, 강사도, 컨설턴트도 될 수 있다는 것을 알려주었다.

그녀를 통해 만난 현재 내 소속 대표 〈다온 CSM 컴퍼니〉 이세리 대표님. 이 분을 처음 봤을 때의 충격은 아직도 선명하다. 당당하고 우아한 모습, 칼 같은 각을 잡고도 한 치의 흐트러짐 없는 모습, 선명한 보이스톤, 명확한 발음, 여러 가지로 박식한 모습에 "우와!" 하는 소리가 절로 나왔다. 그럼에도 약자를 향한 배려심 넘치는 선한 모습에 완전 팬이 되어버렸다. 그때부터 이세리 대표님은 내 멘토가 되었다. '이런 기분에 연예인을 좋아하는 건가?'하는 생각이 들 정도로 그분을 따라하고, 그분처럼 되고 싶었다. 단순히 나를 버리고 따라 하는 게 아니라, 정말 내 인생의 롤모델이었다. 그분을 통해 '진짜 자존감이 저런 것이구나.'라는 것을 알았다.

무엇보다 두 분 다 '엄마'라는 사실이다. 육아와 일을 병행하면서도 흔들림 없는 모습이 너무 멋있었다. 물론, 친해지면서 이런저런 얘기를 해보니 각자의 고충은 다 있었지만, 슬기롭게 헤쳐 나가는 모습을 보며 나 또한 그렇게 되고 싶었다.

이때부터 나의 '나 계발'이 시작되었다. 지금까지 해보지 못했던 강의 기획, 시나리오 짜기, 강의자료 만들기, 강의하기, 병원 모니터링, 보고서 작성, 책 읽기, 리뷰하기, 치과 신문에 칼럼 쓰기, 글쓰기 등을 하면서 점차 성장하는 나를 느꼈다.

처음에는 시행착오도 많았다. 돈을 벌 수 있다는 말에 다단계 세미나장에 여러 번 가보기도 했고, 보험설계사가 돈이 된다는 말에 설계사 자격증도 땄다. 부동산이 된다고 해서 부동산 공부를 했으며, 주식이 된다고 해서 주식공부를 하는 등 이리저리 흔들거렸다. '내가 무엇을 원하는가?'에 대해서는 생각해 보지 않았다. 주변에서 좋다고 하면 그런가 보다 하고 따라갔다.

남들 따라 한다고 해서 새벽에 일어나서 뭘 해보려다가 오히려 하루를 다 망치기도 하고, 남들이 좋다는 책은 다 사서 보았지만 내게 맞지 않아서 내가 스스로 고르기도 했으며, 시간관리를 위한 각종 세미나며 강의를 듣고 내게 적용해 보기도 했다. 그렇게 차츰차츰 나다운 나의 모습을 갖추어나가기 시작했다.

지금은 책을 읽고, 글을 쓰고, 내 생각과 인사이트를 함께 나누며, 내 일에도 더 적극적으로 참여하며 주도적으로 살고 있다. 그동안 끌려가는 삶이었다면, 이제는 진짜 내 인생을 사는 기분이다.

예전에는 '겸손'이 미덕이었다. 하지만 이제는 겸손의 자세로 가만히 기다리면 '가마니'가 된다. 누군가가 나의 가치를 인정하지 않는다면, 인정받을 때까지 기다리는 것이 아니라 스스로 찾아 나서야 한다. 내가 먼저 나를 '대표', '작가', '강사', '컨설턴트', '소장', '메신저'로 인정하고 그에 걸맞은 행동과 태도, 말투를 하면 된다. 강사가 되고 싶다고 말하면서 옷차림은 동네 아줌마 마실 나가는 복장에, 슬리퍼를 질질 끌고 다니고, 말투도 경박스럽다면, 누가 인정해 줄까? 무엇보다 나 스스로도 내가 강사로 보지 않을 것이다.

먼저, 내가 나를 인정할 수 있는 사람이 되자. 내가 생각하는 누군가의 이미지를 떠올리고, 그 사람처럼 되려면 내가 무엇을 해야 하는지를 적어보자. 꼭 외모나 옷차림 등 보이는 것뿐만 아니라, 실질적으로 내가 노력해야 하는 모습들도 적어보자. 예를 들어, 강사가 되고 싶다면 어떤 강의를 할 것인지, 강의 콘텐츠와 소재, 주제를 찾고, 강의를 만드는 시간을 확보해 보는 것이다. 진짜 강사가 된 것처럼 말이다. 그저 '되고 싶다'라고 생각만 하면 생각에서 그치고 만다. 생각을 행동으로 바꿔야 인생이 바뀐다. 그러기 위해서는 계획표를 짜고 시간관리를 해야 한다. 강사로서의 자세나 말투도 바꿀 수 있다. 평상시에도 늘 그렇게 할 수는 없겠지만, '안에서 새는 바가지 밖에서도 샌다.'는 속담처럼 안과 밖이 어느 정도 통일감이 있어야 한다.

치킨집이라고 해서 다 똑같은 치킨집이 아니다. 카페도 50미터 안에 수십 개의 다른 카페가 있다. 같은 직종은 많지만 모두가 대표는 아니다. 내가 어떤 마음가짐과 어떤 태도를 보이느냐에 따라 실제로 그렇게 되는 것이다. 그저 회사를 차렸다고 CEO가 되는 것이 아니다. 일단 나부터 먼저 경영해 보자. 나 자신도 경영하지 못하는데 어딘가의 CEO가 된다는 것은 어불성설이다.

'거울 뉴런 효과'라는 심리학 반응이 있다. 이는 타인의 행동을 보고, 듣는 것으로 자신이 동일한 반응을 일으킬 수 있도록 하는 것을 말한다. 예를 들어, 딱딱한 분위기의 강연장에 강연자가 자신의 겉옷 단추를 푸는 단순한 행동만으로 청중들이 편안함을 느끼는 것이다. 인간이 이 지구상에 가장 지적인 존재가 된 것은 이 거울뉴런 덕이라고 인류학자들은 말한다. 내 의사결정을 직접 해보지 않고도 간접으로 경험할 수 있고, 실패 확률과 시행착오를 줄일 수 있다. 내가 먼저 바뀌면 타인은 내 행동을 보고 똑같이 느끼게 된다. 그러니 내가 먼저 나를 '그런 사람'으로 생각하고 행동하자.

우리는 모두 나를 경영하는 CEO다. 우리에게는 또 다른 나의 모습인 내가 내 안에 잠들어 있다. 나 자신의 한계를 정하는 것은 누구도 아닌 바로 나다. 한계를 넘어서 내가 무엇을 할 수 있을지 정하고 달려가자. 더 이상 "00엄마."라고만 불리지 말고 잃어버린 나를 찾아보자.

제2장

/

엄마, 그대가 가장
소중하다

Mom's Independence

이제는 버려야 할
죄책감

～～～～～～～～～～～～～～～～～

"얘들아, 일어나!"

'직장맘'이든 '전업맘'이든 아침은 늘 힘들다. 억지로 일어나서 아이들 등원을 위해 세수를 시키고, 눈도 뜨지 않은 채 앉아 있는 아이들 입안으로 한 숟가락이라도 더 먹이려 밀어 넣는다.

나는 '아침형인간'은 아니다. 늘 아침에 일어나는 게 힘들다. 원래 아침밥도 안 먹었다. 하지만 아이가 생기고부터는 꼭 아침 식사를 챙긴다. 무언가를 먹이지 않으면 나쁜 엄마가 된 기분이다. 그 강박에 대충 빵 조각으로 때운 날에는 출근 내내 스스로에게 화가 나고 속상했다. '좀 더 일찍 깨워서 먹일 걸.', '국을 끓일 걸 그랬나?' 하고 자책하며, 하루 종일 일도 손에 잡히지 않았다.

그러던 어느 날, 죄책감으로 밤새 이것저것 검색해보다가. 선진국 엄마들은 야채 스틱이나 시리얼, 우유 한 잔 정도로 아침을 챙겨준다는 것을 알았다. 아침에 가장 뇌가 활성화되기 때문에 무언가를 먹는 것은 좋지만, 반드시 국, 밥, 반찬 5첩 반상을 차려야 하는 것은 아니다. 간단하게 먹이되, 건강식이면 된다는 것이다. 그 글을 보고 마음이 진정이 되면서 피곤해도 꼭 무언가를 만들어서 먹여야한다는 강박증이 사라지기 시작했다.

이후 과일을 잘라서 컵에 담아 등원 길에 먹을 수 있게 해주었고, 김 가루만 넣은 주먹밥 몇 개, 오이 스틱, 당근 스틱 등을 안겨주었다. 뚝딱뚝딱 5분도 안 돼서 엄마표 밥상을 차릴 수 있었다. 아이들이 한글을 읽기 시작한 후로는 마음에도 아침밥을 주기 시작했다.

'오늘은 하교하고 집에 오면 책 한 권 읽어요. 좋은 하루 보내. 네가 최고야! 사랑해.', '오늘도 하교 후 학원 가는 우리 아들 멋져! 하기 싫은 일도 해내려고 노력하는 모습이 최고야. 사랑해.' 등 전날 포스트잇에 하고 싶은 말을 적어서 가방이나 필통에 붙여준다. 또는 현관 앞에 등교할 때 보이도록 붙여놓기도 했다. 그러면 아이들은 내게 답장을 써준다. 삐뚤빼뚤 쓴 글씨지만 어찌나 사랑스러운지. 이 맛에 편지를 쓰나 보다.

'그래, 내 식으로 키우는 거지 뭐.'

그래도 아이 둘 다 신체적 발달이 뒤처지지 않고, 잘 크고 있다는 것은 내가 잘 못된 방식으로 하고 있지는 않다는 반증이다.

이제 더 이상 죄책감은 갖지 않기로 했다.

아이가 어린이집이나 학교에 가면 현관문을 닫음과 동시에 아이에 대한 생각을 딱 끊고, 내 하루만 생각하자. 적어도 아이와 떨어져 있는 동안만이라도 그렇게 해보자. 아이들 생각으로 전전긍긍한다고 해서 아이가 더 잘 자라는 것은 아니다. 엄마의 생각을 아이들이 알아주는 것도 아니다. 누군가가 알아주길 바라는 마음에 하는 것이 아닐지라도, 죄책감은 나를 좀먹어 오히려 아이들에게 더 예민해지고 화풀이의 대상으로 삼기도 한다. 그러고 나면 또 소리 지른 나를 탓하며 또 다른 죄책감에 잠식당한다. 이런 악순환의 고리는 끊어내야 한다.

어릴 적 우리 집은 가난했다. 셋방살이를 하며 두 부모님 모두 맞벌이를 하셔야만 했다. 그럼에도 엄마는 내게 늘 최고의 삶을 누리도록 해주셨다. 없는 형편에도 피아노, 첼로 등 악기를 다룰 수 있도록 개인 레슨에 보내주시고, 그 당시 한 달에 50만 원씩 하는 수학 과외도 시켜주셨다. 아침밥은 물론, 저녁에도 7첩 반상으로 차려주셨고, 항상 고기반찬을 올리셨다. 매일 새벽같이 나가서 일하고 늦게 들어오시면서 가족을 챙겨주는 게 분명 쉽지 않았을 텐데 가족에게 아낌이 없었다. 그렇게 나는 엄마의 사랑 속에서 결핍 없이 자랐고, 전혀 가난함을 느끼지 못했다. 그런데 그게 문제였을까? 우리 집은 계속 가난했다. 그 가난의 굴레에서 벗어날 수 없었다. 내 학원비로 다 나가버렸으니 돈을 모을 수 없었던 것이다. 실은 나는 악기에 관심이 없었다. 수학은 더더욱 관심 밖이었다. 그저 친구들과 뛰어놀고 싶었다. 어쩌면 엄마는 어릴 적 받지 못한 보상심리를 내게 발산한 것일지도 모른다. 전혀 관심 없는 내게 전부 퍼부어줌으로써 어릴 적 자신을 위로해왔던 것이다. 내가 진짜로 무엇을 원하고, 잘하는지는 모른 채 말이다. 그때 그 돈을 적금에 넣었더라면 어쩌면 엄마는 더 편하게 살 수 있었을지도 모른다. 그런 엄마를 보고 자랐기에 우리 아이들에게는 절대 그렇게 하지 않겠다고 다짐했다. 그런데 정서는 대물림 된다고 했던가? 나도 모르는 새 '아침밥은 꼭 먹여야 하는 것', '아이들이 뒤처지지 않게 공부시켜야 하는 것' 같은 생각이 주입되어 있었다. 그리고 그렇게 하지 못했을 때는 엄청난 죄책감에 사로잡히곤 했다.

어느 날, 늦은 퇴근을 하고 집에 돌아왔는데, 가방만 들고 학교를 왔다 갔다 흉내만 내던 둘째 아이가 아빠에게 잡혀 덧셈, 뺄셈을 배우고 있는 게 아닌가? 아이는 하기 싫어서 온 몸을 배배 꼬고 있었다. 당연히 아빠의 목소리는 커져갔고, 아이는 주눅이 들어 원래 알던 것도 제대로 답을 하지 못했다.

'저렇게 서로 스트레스를 받아 가며 시켜야 할까.'

문득 이런 생각이 들었다. 어쩌면 이 모든 것들은 부모의 욕심일지 모른다.

'아이도 엄연한 인격체인데 자꾸만 내 품 안의 자식으로만 생각하는 것은 아닐까?'

그러다 보니 자꾸 집착하게 되고, 내 생각대로 아이를 키우려고 한다. 그리고 자기 마음대로 되지 않으면 화를 낸다. 이는 아이에게 화를 낸다기보다 스스로에게 화를 내는 것이다. 내가 받지 못했던 사랑, 내가 제대로 배우지 못했다는 생각 때문에 아이에게 전가시키는 것이다.

조금은 털어내도 좋다. 그러려면 나를 좀 더 사랑해야 한다. 아이들이 학교를 간 시간만큼은 오롯이 나만의 시간을 가져보자. 점심시간에는 직장 동료들이나 친구들과 맛있는 걸 먹고, 봄이면 벚꽃 앞에서 사진도 찍고, 근처공원에서 돗자리 펴고 앉아 경치도 구경하자. 여름이면 시원한 카페에서 아인슈페너의 달콤함에 취하고, 내 인생에 하루라도 젊은 날들을 남기자.

매일 가족들이 먹을 저녁 반찬만 생각하지 말고, 가끔은 시켜 먹는 것도 좋다. 외식도 좋다. 반찬을 만들지 말고 가게에서 사는 것도 좋다. 레버리지를 적용해 보자. 반찬 사는 비용의 가치가 내 노동 시간의 가치보다 적다.

전업 맘이라면 일단 아이들을 학교에 보낸 후, 거울을 보고 예쁜 옷을 꺼내 입고, 내가 하고 싶었던 취미생활을 해보자. 북을 치러 가든 장구를 치러 가든, 퀼트를 하든, 손 글씨를 쓰든 자기 계발을 하는 것이다.

첫째 아이 친구 소율이 엄마는 포스트잇에 매일같이 아이들에게 편지를 써주고, 자기계발을 위해 장구도 배우러 다닌다. 도서관에도 가서 읽고 싶은 책을 골라 읽는다. 오롯이 자신만의 시간을 가지면서부터 얼굴에 활기가 돌았다. 육아도, 집안일도, 본인도 사랑하며 지킨다. 각자 자신이 추구하는 가치에 중점을 두고 나를 위해 시간을 조금 내보도록 하자.

4차 산업혁명 시대, 기존의 직업은 사라지고 새로운 직업들이 하루에도 무수히 많이 생겨나고 사라진다. AI기술이 더욱 발전되어 생각하는 능력도 점점 앗아가고 있다. 'Chat GPT'(generative pre-training transformer : 인간처럼 힘든 언어를 생성할 수 있는 존재) 로 여러 AI가 만들어지는 모습을 보며, 더더욱 '아이들을 이렇게 키우면 안 되겠다.'는 생각을 하게 만들었다. 이제는 직업을 목표로 삼고 달리는 것이 아니라, 스스로 생각하고 판단할 수 있는 능력을 키우는 것이 중요하다. 그러기 위해서는 엄마가 먼저 내면에서 오는 죄책감을 버리고, 아이를 '아이 그대로' 인정하고 지켜봐 줄 수 있는 힘이 필요하다. 남들이 하는 대로 따라가지 말고, 아이의 속도대로 가자.

조금은 뒤죽박죽이어도 좋다. 가끔은 아침을 굶고 가는 것도 나쁘지 않다. 누구에게나 각자의 계절이 있다. 조금 느리고, 빠르다고 해서 일희일비하지 말자. 야채 스틱만 먹여 키운 아이도 건강하게 클 수 있다.

내 안의 어린아이를
잘 돌보자

～～～～～～～～～～～～～～～～～～～～～～～

　나는 어릴 때부터 조명이 환하게 비치는 밝은 집에서 사는 게 꿈이었다. 항상 어둡고 축축한, 따뜻한 온기 하나 들어오지 않는 추운 골방에서 지내온 나는 따뜻한 내 집을 갖는 것이 소원이었다. 우리가족은 이리저리 남의 집을 전전하며 살았다. 시골에 누군가가 버리고 간 집을 개조해서 살았으며, 심지어 조상들 제사 지내는 제실에서도 살았다.

　화장실도 집안에 없었다. 밖에 이웃들과 공동으로 사용하는 화장실만 있었다. 깜깜한 겨울밤에는 너무 무섭고 추워서 부엌 아래에 있는 수도에서 소변을 보기도 했다. 지금도 가끔 옛날에 살던 집이 꿈에 나오면 하루 종일 기분이 좋지 않다. 그 집에 관한 한, 온통 내 머릿속에는 춥고, 어두웠던 기억만이 남아있다.

가난은 내가 커서도 지속되었다. 지금 남편이 된 남자에게 우리 집을 보여주기 부끄러울 정도였다. 데이트 후 바래다준다는 것을 극구 거절하다가 결국 집 주소를 거짓으로 말하고 한참을 걸어간 적도 있다.

집이 가난하다는 그 자체는 그래도 참을 수 있었다. 문제는 가난 가족 간의 불화를 만들었다는 점이다. 부모님은 자주 다투셨다. 가난으로 인해 부부 싸움을 하는 건지, 부부 싸움을 하다보니까 가난해진 건지는 모르겠지만. 아마 가난과 가정불화는 서로 상관관계가 있으리라. 매일 하루도 빠짐없이 싸우는 엄마, 아빠의 모습을 지켜보기란 여간 힘든 게 아니었다. 말싸움이 아니라 치고받고 싸우는 몸싸움으로 이어지면 동생과 나는 두려움에 떨어야 했다.

당연하지만 아빠의 일방적인 구타로 이어지는 경우가 많았다. 특히 술을 마시고 오는 날은 더 했다. 아빠가 늦는 날이면 아빠가 또 엄마에게 흉기를 들까 봐 나는 칼과 망치 등을 내 이불 속에 숨겨놓고 잠들려는 남동생 얼굴을 꼬집어가며 깨웠다. 혹시라도 엄마가 맞으면 언제든지 뛰쳐나가서 막기 위해 만반의 준비를 했다. 싸우다가 아빠가 엄마 배를 발로 밟아서 소장이 터져 응급수술을 한 적이 있었다. 그 뒤로 트라우마가 생겨 더더욱 잠들 수가 없었다. 당시 내 나이 13살. 어린 나는 할 수 있는 게 없었다. 그저 엄마를 때리는 아빠 앞을 막아서며 울기만 했을 뿐.

한 번은 엄마를 때리던 아빠가 잠이 들자, 아무것도 하지 못하는 나에게 화가 나서 잠옷차림 그대로 집을 뛰쳐나갔다. 자전거를 타고 눈물을 비처럼 흘리며 7km나 되는 시골길을 달려 친한 친구 집으로 갔다. 밤에 정신없이 횡설수설하는 나를 보고 친구 엄마는 나를 술에 취한 것으로 오해하고 쫓아냈다. 나는 친구도 만나지 못하고 그대로 돌아서야 했다. 너무 비참하고 죽고 싶은 심정이었다.

나는 엄마 손을 잡고, "더 이상 맞고 살지 말고 우리 도망가자."하고 말했다. 엄마도 더 이상 이렇게 살고 싶지 않다며 바로 행동에 옮겼다. 가벼운 짐만 챙기고 집을 알아본 후 야반도주 하듯이 도망쳐 나왔다. 그렇게 도망 나온 채로 살다가 엄마는 아빠와 이혼할 수 있었다.

이제 매일 때리는 아빠와 헤어졌으니 행복할 줄 알았다. 무엇이 문제였을까? 엄마는 상처받은 비련의 여주인공이 되어 늘 우울해했다. 그런 엄마의 모습을 볼 때마다 자존감은 바닥을 쳤고 나도 함께 미쳐갔다. 그 와중에 아빠는 엄마를 괴롭힌 벌을 받는 것인지 교통사고로 오랜 병원생활을 했다. 나는 차마 아빠를 외면할 수 없어서 보호자로서 아빠를 보살폈다.

이 세상의 모든 불행은 모두 다 나에게만 오는 것 같았다. 이러지도 저러지도 못한 채, 나 또한 모든 것을 놓아버리고 싶었지만 그럴 수 없었다. 내게는 책임져야 할 동생이 있었다. 남동생은 운동 쪽으로 재능이 있어서, 그 길로 진로를 정하고 나아가고 있었지만 포기할 수밖에 없었다. 예체능계는 부모가 뒷받침이 되어야 하는데, 그 누구도 신경 쓰지 않았다. 아니, 신경 쓸 수 있는 상황이 아니었다. 남동생은 방황하며 나쁜 짓을 일삼기 시작했고, 하루가 멀다 하고 사고를 쳤다.

도저히 그대로 둘 수 없었다. 동생 고등학교 담임선생님을 찾아가서 상담을 했다. 당시 고3이었던 동생은 대학도 가지 않겠다고 했지만, 설득 끝에 보건계열 대학을 가게 되었다. 다행히 동생은 잘 적응해 주었다. 동생을 공부시키는 것도 모두 내 몫이 되었다. 부모가 제대로 역할을 하지 못하니 내가 부모가 되어줘야 했다. 매달 월급을 받아 동생 생활비와 학비를 냈다.

내 안에 아직 크지 못한 어린아이가 있는데도 나는 동생을 돌봐야 했고, 결혼 후 내 아이를 돌봐야 했다. 상처받은 내면의 작은 아이는 늘 웅크리고 앉아서 내가 힘들 때마다 폭발했다. 그때마다 아이들에게도 영향이 가서 둘째는 늘 불안해했다. 모두 다 내가 만든 것 같아 가슴이 아팠다.

그렇게 바닥을 치던 자존감은 공부를 하러 서울을 오가면서 점점 차오르기 시작했고, 실장이 되고, 강사가 되고, 병원 컨설턴트, 작가가 되면서 점점 더 채워져 갔다. 나도 할 수 있다는 자신감이 붙었고, 무엇보다 나를 사랑하게 되었다.

만약 내가 그때, 삶을 포기했다면, 죽어버리겠다고 마음먹고 그대로 행했다면 어떻게 되었을까? 환경 탓, 남 탓만 하며 나 자신을 놓아버렸다면, 지금의 이 행복을 느낄 수 없었을 것이다. 남이 나를 때리고 학대하는 것보다 내가 나를 포기해버리는 게 제일 큰 학대이자 비극이다.

중요한 것은 '나'다. 누구나 자신 안에 어린아이가 있다. 그것이 크든 작든, 모두에게 있다. 그 어린아이에게 계속해서 밥을 먹일 것인지, 토닥여주고 다시 일어서도록 도울 것인지는 오로지 내가 결정할 일이다. 내가 나로서 살 때, 아이 또한 존재 그 자체로 빛날 것이다. 의심하지 말자. 내가 먼저 바뀌면 아이도 바뀐다.

아이를 오롯이
믿는 힘

우리 아이가 상처받지 않고 안전히 자랐으면 하는 게 모든 엄마의 소망이다. 그러다 보니 '헬리콥터 맘'이라는 신조어도 생겨났다. 아이 주변을 돌면서 계속해서 살피고 돌봐준다고 해서 붙은 이름이다. 과연 헬리콥터처럼 주변을 돌며 아이를 돌보는 것이 아이를 위한 일일까? 그 아이는 제대로 잘 자랄 수 있을까? 온실 속에서 자라는 나무는 병충해에 약하다. 비도 맞고, 눈도 맞고, 바람에도 견뎌봐야 병충해에 이기는 힘을 기르며, 꽃도 피우고 열매도 맺는다.

나는 예민하고 불안한 엄마다. 아이가 잘못될까봐 늘 내 울타리 안에서만 자라길 바랐고, 울타리가 부서지지는 않을까 전전긍긍했다. 이 울타리로 인해 우리 아이가 더 불안해진다는 사실은 모른 채 말이다.

　둘째 아이가 초등학교에 들어가고 난 뒤부터 지금까지 하루도 빠짐없이 담임선생님께 전화를 받는다. 정말 담임선생님과 친구가 된 느낌이 들 정도다. 하지만 선생님은 나에게 전화하기가 괴로웠을 것이다. 좋은 일이 아닌 안 좋은 일이 대부분이었기에.

　한동안 우리 아이가 친구들을 때리고 온 날이 있었다. 맞은 아이 엄마가 학원 관장에게 우리 아이가 다니면 자기 아이를 못 보낸다며 전화로 항의했다. 학원에 피해를 줄 수 없지 않는가. 어쩔 수 없이 우리 아이는 학원을 그만두어야만 했다. 그 뿐만이 아니었다. 그 엄마가 반 친구들 엄마들에게 우리 아이가 평판이 좋지 않다는 소문을 냈다. 혹시라도 이 일로 반에서 우리 아이가 왕따를 당하지는 않을까 초조하고 불안했다.

　이런 일이 생길 때마다 '내가 요새 더 신경을 못 써서 그런 걸까?' '내가 뭘 잘못했을까?' '분명 나 때문일 거야.' '엄마가 무슨 수를 써서라도 널 지켜줄게. 너를 위해 살 거야.'라는 생각을 했다.

　나는 아이의 말을 다 믿지는 않는다. 아이들이 거짓말은 하지 않지만, 어린 마음에 자신에게 유리 한쪽으로 말을 할 수는 있다는 걸 알기 때문이다. 둘째 아이에게 때린 이유를 물어보자, 그 친구가 먼저 시비를 걸고 놀렸기 때문이라고 했다. 그래도 폭력은 안 된다고 아이를 타일렀다. 아이는 알아듣는 것 같다가도 다음 날 또 친구를 때리고 문제를 일으키는 바람에 매일매일 불안했다. 출근을 해서도 시계만 보며 1교시 마치고 싸우지는 않았는지, 점심시간에 줄은 잘 섰는지. 새치기하거나 친구와 다투지는 않았는지 모든 게 불안해서 전화해서 확인하고 묻고 또 물었다.

당시 나는 마치 정신병에 걸린 것만 같았다. 아이에게는 그러지 말라고 했지만 선생님 앞에서는 상대 아이가 먼저 시비를 걸어서 우리 아이는 정당방어를 한 것이라고 응대했다. 애초에 시비를 걸지 않았으면 이런 일은 없었지 않았느냐고 말이다. 나의 이런 행동은 오히려 아이들 싸움을 부추겼고, 엄마들에게도 좋지 않은 이미지를 주었다.

왜 그때는 모든 것이 다 상대 아이 잘못 같았으며, 선생님의 충고가 왜 그리도 서운하고 섭섭했을까? 나 자신에게 물었다. 그렇게 한참을 생각하고 나서야 답을 찾을 수 있었다. 둘째의 모습에 나를 투영해서 보고 있었던 것이다.

둘째 아이는 나와 꼭 닮아있었다. 어렸을 때 나는 늘 부모의 폭력에 무방비로 노출되어 있었고, 아빠는 술만 마시면 망치며, 칼이며, 주변에 있는 물건들을 엄마에게 던지곤 했다. 너무나 가난하다보니 한겨울에 연탄이 없어 두꺼운 옷을 껴입고 이불을 둘둘 말고 지냈던 날들. 내가 남들보다 못났다는 열등감과 함께 폭력적인 성향이 그대로 전달되어, 평상시에는 괜찮다가도 누군가가 나를 건드리기라도 하면 바로 폭발하곤 했다. 늘 즐겁게 웃다가 갑자기 폭발하니 상대방도 깜짝 놀랐을 것이다. 내가 이런 사람인 줄 몰랐을 테니…. 하긴 나도 몰랐다. 내 안에 이런 폭발적인 힘이 숨어있다는 사실을.

어쩌면 어릴 때부터 쌓아온 것일지도 모른다. 나는 6살에 우리 집을 지나간다는 이유만으로 오이 심부름을 하는 7살 오빠를 때리고 오이를 부러뜨려 하수구에 거꾸로 밀어 넣었다. 엄마는 너무 놀라서 그 오빠를 목욕시키고, 옷을 새로 사 입힌 다음 그 집에 가서 무릎을 꿇고 빌었다. 친한 동네 오빠 얼굴에 열 개의 손톱자국을 내어 흉터를 남기는 등 나는 동네를 돌아다니며 사고치는 악동이었다. 내가 그렇게 해야 엄마 아빠가 나를 돌아봐 주는 것 같았다. 그렇게라도 관심을 받고 싶었던 정말 어린 나였다. 엄마는 '후시딘 연고'와 '초코파이'를 박스째 사놓고 집집마다 사과하러 다니셨다. 그렇게 자란 나는 중학교 때 왕따를 당하기도 했다.

그래서일까? 나는 내 아이의 잘못된 부분을 인정하지 않았다. 아이에게서 내 모습이 투영되면서 열등감이 폭발했던 것 같다. 그래서 더더욱 고개를 빳빳이 들고 큰소리를 쳤다. 우리 아이 잘못이 아니라고. 당신 아이 잘못이라고. 그게 오히려 아이를 망치는 길이란 걸 몰랐다.

그러다 '미라클 나이트'를 하면서 나를 되돌아보고, 글을 쓰면서 내 마음속 깊이 자리한 내면의 아이를 돌아보았다. 내면에 귀를 기울이고 대화를 하면서, 하나하나 내 못난 모습을 인정하니 마음이 편안해졌다. 그동안 조급했던 마음도 평화를 찾았다. 그러면서 아이 옆에서 안절부절 못했던 내 모습은 사라지고, 아이를 믿고 기다려줄 수 있게 되었다. 그랬더니 신기하게도 옆에서 맴돌며 하나하나 체크하고 확인할 때 보다 아이가 더 잘 해내는 게 아닌가? 이제는 선생님께 전화가 와도 놀라지 않는다. 조금씩, 조금씩 스스로 해내고 있다는 말을 들으면 그렇게 기쁠 수가 없다.

오래 전의 일이다. 결혼 전에 아는 언니를 마트에서 만난 적이 있었다. 본인은 옷을 잘 차려 입었는데, 아기는 한여름에 겨울 신발을 신고, 옷도 이상하게 입고 있었다. 속으로 '아기 옷이나 똑바로 입히지.'라고 생각 했던 적이 있다. 그런데 막상 내 아이를 키우다보니 이해가 갔다. 아이는 여름에 겨울털장화를 신으려하고, 겨울엔 샌들을 신으려 했다. 예쁜 옷보다 자기가 입고 싶은 캐릭터 옷만 고집스레 입었다. 누가 보면 옷도 안 갈아입힌다고 할 정도로 아이 옷 입히는 것도 내 맘대로 되지 않는다.

아이는 엄마의 소유물이 아니다. 엄마가 원하는 대로 크지도 않는다. 아이에겐 자신의 인생이 있고, 생각이 있고, 자신만의 계획이 있다. 그리고 아이는 생각보다 더 잘해낸다. 엄마가 안절부절못하면 아이도 자기 자신을 믿지 못하게 된다. 할 수 있다는 믿음. 너를 믿고 있다는 엄마의 단단함을 보여줄 때, 아이는 더 크게 성장한다.

아직 단단하지 못한 나는 한 번씩 내면 아이의 열등감이 올라오곤 하지만, 그때마다 알아차리고 진정시킨다. 잠시 혼자만의 시간을 가지면 진정이 되어 불안을 잠식시킬 수 있다. 아이에게도 자신만의 방법을 찾을 수 있게 도와주었다. 화가 날 때는 잠시 밖으로 나가서 심호흡을 한다거나, 베개나 인형을 던져본다거나, 풍선을 마구 터뜨려본다거나. 아이가 좋아하는 애착 이불을 덮고 누워서 생각할 시간을 주었다. 여러 방법을 써보자 아이도 자신만의 방법을 찾았다. 스스로 찾을 수 있게 도와주었더니 더 잘해냈다. 그런 아이를 보며 나 또한 더 단단해졌다.

아이를 키우는 일은 엄마를 함께 키우는 일이다. 아이를 오롯이 믿으면 아이도 엄마도 함께 성장한다.

아이는 또 하나의
인격체다

~~~~~~

"우리도 어렸을 때 참 많이 싸웠지. 그런데 그때마다 누나가 더 혼난 것 같아."

명절날 오랜만에 만난 동생이 우리 두 남매가 싸우는 모습을 보며 내게 말했다.

"그런데 지금 보니 누나도 소진이를 더 혼내는 것 같아."

그 말을 듣고 나는 순간 가슴에 직격탄은 맞은 듯 흠칫했다. 가끔 나도 느꼈던 감정을 동생에게 들켰기 때문일까? 아니면 그로 인해 둘째가 삐딱해진 것 같은 생각에 가슴이 철렁한 것일까?

엄마는 나와 남동생이 싸우면 항상 남동생 편을 들었다. 분명 잘못은 같이 했는데 혼나는 건 나였다. 내가 누나라서 그렇다고 생각했는데, 평상시에도 남동생을 바라보던 눈빛은 나를 바라보던 것과 달랐다. 그때는 깊이 생각하지 못했는데, 달리 표현할 수 없었을 뿐 실은 가슴속 깊이 상처로 남겨졌나 보다. 나는 절대로 차별하지 않겠다고 다짐했지만, 나도 모르게 아들만 싸고돌았던 모양이다. 그게 오히려 아들을 잘못된 길로 가게 한 것 같아 가슴이 아프다.

"어머님, 윤이가 오늘도 친구를 때렸어요."

둘째 아이 담임선생님의 전화다. 2학기 들어서 벌써 몇 번째 전화인지. 거의 매일 선생님과 통화를 하다 보니 가족같이 느껴질 정도다. 둘째 아이는 초등학교에 입학하면서 늘 친구에게 맞고 왔다. 놀다 보면 그럴 수 있다고 생각하며 아이를 다독였다. 때린 아이에게도 괜찮다고 얘기했었는데 어느 순간 아이가 갑자기 예민하게 돌변했다. 친구가 '뚱뚱이'라고 놀리면 분노를 참지 못하고 그대로 표출했다.

그뿐만 아니었다. 어릴 때부터 좋아해서 다니던 태권도 학원도 가지 않겠다고 하고, 상대가 자신을 싫어하는 눈치가 조금만 보여도 낙심하고 포기하려고 했다. 폭력적으로 모든 일을 해결하려고 하면서도, 사랑받지 못할까 봐 눈치 보는 모습이 너무 안타까웠다. 모든 일에 의욕을 보이지 않고 '나는 못해.'라며 자기 자신을 바닥으로 던졌다. 아직 9살, 어린 나이에도 해보지도 않고 포기 한다는 게 안타까웠다. 아이 말을 들어주려고 물어보아도 귀찮아하며 단답형으로 대답했다. 그동안 나름 아이 말을 잘 들어 주고 공감해 주고 있다고 생각했는데, 아니었던 건지 다시 되돌아보게 되었다.

대답은 하지 않으면서 잠은 또 엄마와 자려고 했다. 이사 후 아이들 방을 따로 만들어주었는데도 본인 방에서 혼자 자려고 하지 않았다. 자다가도 깨서 엄마 옆에 오고, 자기 방에서 같이 자자고 떼를 쓰기도 했다. 처음에는 학교생활이 적응되지 않아서 그러려니 하고 보듬어주고 안아서 재워주곤 했는데, 날이 갈수록 아기 짓을 하는 것 같았다.

가끔 일이 힘들거나 병원 일이 끝나면 집에 와서 책을 쓰고, 강의 준비를 하는데, 여러 가지 일을 병행하다 보면 아무것도 하고 싶지 않을 때가 있다. 그럴 때 아이가 달라붙어서 스킨십을 하면 그렇게 귀찮고 힘들 수가 없었다.

"엄마 힘들어. 조금만 있다가.", "엄마 안 씻어서 더러운데. 씻고 안아줄게."라며 밀어냈다. '이제 아기가 아니니까.'라는 생각으로 좀 더 강하게 키우려고 모질게 하기도 했다. 그렇게 내 나름의 방법으로 소통하고 공감했다고 생각했는데 둘째 아이는 자꾸만 삐뚤게 나갔다.

'왜 이렇게 된 걸까?'라는 마음에 매일 밤 자책으로 지새웠다. 분명 귀엽고 말 잘 듣는 아이였는데, 초등학교 들어가고 나서 무엇이 잘못된 것일까? 아침마다 출근해야 한다는 핑계로 아이가 해보겠다고 하는 것도 다 무시하고, 내가 급하니까 아이가 할 수 있는 것도 못하게 했던 게 문제였을까?

직장맘의 아침은 전쟁터다. 일을 하지 않는 엄마에게도 전쟁 같은 아침이겠지만, 직장맘은 출근해야한다는 급한 마음에 아이들에게 더 화를 내고 소리를 지르게 된다.

"빨리빨리 좀 해!"

말끝마다 '빨리'를 붙여서 외친다. 아이가 자신이 직접 옷을 입겠다며 뭉그적거리면 "됐어. 빨리 와. 그냥 내가 입혀줄게."라며 소리 지르고, 신발을 직접 신어보겠다며 낑낑거리면 거친 손으로 신발을 뺏어서 화를 내며 신겨주었다. 그 와중에 갑자기 화장실을 가겠다고 하면 머리가 진짜 돌아버린 것처럼 소리를 질렀다. 그때마다 나는 미친 사람처럼 표정이 휙휙 변했다.

매일 아침 그렇게 지내다 보니 습관이 되어, 급하지 않은 일에도 "빨리, 빨리!"를 외쳤고, 내 생각에 천천히 하는 것 같으면 한숨을 내쉬며 "어휴. 답답해"라고 말했다. 그런 말들이 어쩌면 아이의 마음속 깊이 박혔을 지도 모른다.

미국의 정신 분석가 하인즈 코호트는 '건강한 자기애'가 필요하다고 말하며, '자존감과 같은 자기애는 자신을 사랑하고 다른 사람도 소중하게 여기는 건강한 마음'이라고 했다. 자기만 특별히 뛰어나다고 생각하고 남을 지배하려는 병적인 자기애가 아닌, 남들을 생각하는 진정한 자기애 말이다.

부모는 아이를 비추는 창이라고 했던가. 갓난아이는 자아상이 없기 때문에 자기가 예쁜지 못생긴지 모른다. 엄마라는 창에 비친 모습을 보고 자기를 확인하기 때문에 '반사 자기 대상'이라고 한다. 엄마가 아이를 보고 웃고 예쁘게 말하면, 아이는 자기가 사랑받을 만한 아이라고 느껴 자존감이 높아진다. 하지만, 아이를 보면서 짜증을 내고 화만 내는 모습을 보여준다면, 아이는 사람들이 자기를 싫어한다고 느껴 자존감이 낮아지게 된다. 엄마의 표정과 말투를 그대로 사회와 다른 사람들에게 대입하는 것이다. 코호트 박사는 이를 '자존감에 금이 간 상태'라고 표현했다. 마치 금이 간 유리그릇처럼 한 번 금이 간 자존심은 작은 충격에도 자아가 쉽게 다치고 깨져서, 작은 비난에도 쉽게 마음이 상하고 분노를 표하게 된다고 했다.

나는 성격이 급하다. 내가 계획한 대로 되지 않거나, 내 생각대로 안 되면 스트레스를 받았다. 겉으로는 "괜찮아. 그럴 수도 있지 뭐."라고 말하면서도 속마음은 그렇지 않았다. 절대 그럴 수 없고, 그래서도 안 되었다. 그 화는 오롯이 아이에게 돌아가서 화풀이를 했다. 아이를 믿고 기다려주어야 하는데 그러지 못했다. 내가 세운 계획에 차질이 생기는 게 내게는 더 큰 문제였다.

이런 조급함 때문이었을까? 그나마 첫째는 덜한데, 둘째는 스스로 문제를 해결하려는 의지가 부족했다. 문제가 생기면 도망가기 바빴다. 스스로 해서 작은 성공을 맛보다 보면 성취감을 느끼게 되고 계속해서 도전을 할 수 있는 힘을 얻게 되는 것이 이치다. 그런데도 그런 경험을 내가 다 뺏어버린 것이다. '내가 하는 게 더 빠르다.'라는 말도 안 되는 논리를 내세워서 다 해줘버린 것이다. 그 순간은 모면할 수 있을지 몰라도 장기적으로는 아이에게 오히려 더 안 좋은 영향을 미친다는 사실을 그때는 몰랐다.

또 일하면서 아이들에게 소홀했다는 내 죄책감으로 나만의 방법으로 아이들을 대했다. 잘못한 행동은 따끔하게 혼을 내고 잘한 것은 칭찬을 해주어야 하는데, 잘 한 것은 당연히 칭찬, 잘못해도 "괜찮아. 그럴 수 있어."라고 말했다. 이렇게 말하면 알 것이라고 생각했는데 아니었다. 아이는 이중적인 어법을 이해하지 못했다. 잘못한 행동도 잘한 것이 되어버린 것이다. 나중에는 혼을 내도 더 심하게 행동했다. 내가 하지 말라고 하는데도 아이가 웃으면서 햄스터를 떨어뜨리는 모습을 봤을 때, '아, 내가 뭔가 크게 잘못했구나.'라는 생각이 들었다.

아이는 엄마의 소유물이 아니다. 내가 하라는 대로, 하고 싶은 데로 할 수 없다. 아이를 낳은 그 순간부터 새로운 인격체가 탄생한 것이다. 그런데 많은 엄마들은 아이를 자신의 소유물인 양 투영해서 자신이 어릴 때 이루지 못한 꿈을 강요한다. 자기 마음대로 안 되면 화를 내고, 소유하려고만 한다. 그러고선 혼자만의 죄책감으로 다 괜찮다며 잘한다고 뭉뚱그려서 칭찬한다. 아이는 무엇을 잘 한 것인지 알지 못한 채 성장한다. 잘잘못도 제대로 배우지도 못하고 커버리는 것이다. 결국 엄마 없이는 아무것도 하지 못하는 어린 아이 그대로 몸만 크게 된다.

아이는 또 하나의 인격체다. 어른에게 대하듯 아이에게도 의견을 묻고, 존중하자. 반드시 해야 할 일이나 절대 해서는 안 되는 위험한 행동은 규칙으로 정해놓자. 그리고 아이의 의견을 수렴하자. 지금 당장은 별것 아닌 것일지라도 작은 성공을 맛볼 수 있게 도와주자. 바쁜 일이 있으면 미리 말해서 준비할 수 있도록 시간을 주자. 출근 전 미리 아이에게 "아침에는 엄마가 출근해야 하니까 빨리 준비해야 해. 엄마가 알람을 3개 맞출 거야. 첫 번째 알람은 세수하고 밥 먹는 시간, 두 번째 알람은 옷을 입고 머리를 빗는 시간, 세 번째 알람은 가방을 메고 신발 신는 시간이야. 우리 알람 약속 지키기 해보자."라는 말을 미리 해주는 것이다. 생각보다 어린아이들도 이 약속을 기억하고 지키려고 노력한다. 물론 어른처럼 바로바로 되지는 않겠지만, 지속하면 습관으로 자리 잡는다.

내 마음대로 안 된다고 짜증 내지 말자. 무엇보다 아이에게 화풀이하지 말자. 아이를 또 하나의 인격체로 대할 때, 함께 성장해서 어느덧 나와 같은 눈높이에서 대화할 수 있는 그런 날이 올 것이다.

엄마들의 모임,
시간낭비인가? 시간절약인가?

"소진 엄마. 자기도 엄마들 모임에 참여 좀 해. 그렇게 일만 하면, 요새 정보를 제때 들을 수 없어."

어린이집에 다닐 때만 해도 딱히 엄마들 모임에 참여하지 않아도 큰 문제가 없었다. 그런데 첫째 아이가 초등학교에 입학하면서부터 뭔가 주변 환경이 달라졌다. 엄마들만의 모임이 만들어지면서 학원정보, 학교정보, 교육 관련정보를 서로 나누게 된 것이다. 그동안 일에 미쳐 사느라 걱정은 되었지만, 딱히 엄마들 모임에 참여하고 싶지는 않았다. '할 일 없는 엄마들이나 커피숍에 앉아서 수다 떠는 거겠지. 나와는 달라.'라고 생각하며 무시했다.

그렇게 둘째 아이도 초등학생이 되고, 학교생활을 잘 했기에 크게 걱정하지 않고 있었다. 가끔 친한 엄마들끼리 단체로 가족 여행을 가는 모습을 보면, 아이들에게 추억을 만들어주지 못한 것 같아 미안한 마음이 들기도 했다.

그러던 어느 토요일, 직장 일이 늦어져서 남편이 아이들을 돌보고 있었다. 놀이터에 간다고 해서 아이들만 내보냈던 모양이다. 8살, 10살이기에 아이들끼리만 내보내도 괜찮을 거라고 생각했던 것 같은데 그게 문제였을까? 둘째가 6학년 형에게 주먹으로 배를 맞은 사건이 일어났다. 다른 엄마들끼리는 연대가 있어서 서로 돌봐주고 있었는데, 우리 아이만 그렇지 않아 하마터면 그대로 사건이 묻힐 뻔했다. 다행히 통장 할머니가 지켜보았고, 그분 덕분에 때린 아이가 누구인지 알아내어 사과를 받고, 잘 마무리할 수 있었다. 통장 할머니는 항상 놀이터에서 질서를 유지시켜주시고 주변 환경을 돌보셨는데, 그날도 어김없이 아이들을 돌봐주셨다.

워킹맘의 아이들은 동네에서 타깃이 되기 쉽다. 다른 엄마들은 놀이터에 함께 있어주는데, 부모가 없이 방치된 채 놀고 있으면 입방아에 오르내리기도 한다. 또 무슨 일이 일어나도 중재해주기 힘들다. 그래서 되도록 내가 퇴근하기 전까지 학원이나 방과 후 수업을 돌리게 했으며, 엄마 아빠 없이는 놀이터에 나가지 못하게 했다. 그랬는데도 이렇게 일이 터지고 나니, '그동안 내가 잘못 생각한 건 아닌가.'하는 생각에 다시 되돌아보게 되었다.

언제까지 엄마 아빠가 아이를 끼고 살 수는 없다. 그동안 내가 너무 안일했다고 생각하고, 친한 친구 엄마를 통해 엄마들의 모임에 참여하게 되었다. 오로지 아이들을 위해서 참여한 모임이라 조금 걱정이 됐다. 서로 친하지도 않는데, 가면을 쓰고 만나는 것 같아 불편할 것만 같았다. 하지만 그런 내 생각은 기우였다. 화기애애한 분위기 속에서 너무나도 쉽게 친해질 수 있었다

"OO 선생님 얘기 들었어요? 예전 학교에서도 좋은 학교 만들기로 노력했던 분이래요."

"XX 학원은 원어민 선생님이 발음도 잘 가르쳐주고 실력이 좋대요."

처음 참여한 엄마들 모임에서 나는 여기저기서 들려오는 정보를 노트에 필기하며 경청했다. 그동안 '집-직장-집' 생활을 하며 모르고 살았었는데, 정말 엄청난 정보가 홍수처럼 밀려들어 정신을 차리기 힘들었다. 심지어 또래 친구들끼리 개설한 '카톡 단톡방'을 감시할 수 있는 '앱'에 대한 정보도 얻을 수 있었다. 아이들이 단톡방에서 욕을 하는 등 여러 문제가 있었기 때문에 아예 카톡을 설치하지 못하게 하거나, 앱으로 감시할 수 있었다. 그동안 내게 심어졌던 '엄마들의 모임'에 대한 좋지 않았던 이미지는 삽시간에 사라져버렸다. 엄마들의 모임은 돈 주고도 살 수 없는 소중한 생활정보의 바다였다.

내가 사는 지역은 시골이라 초등학생용 옷 가게를 찾기 힘들다. 어딜 가야 예쁘고 스타일리시 하며, 사이즈 맞는 옷을 고를 수 있는지 몰라 인터넷으로 눈이 빠져라 검색하곤 했다. 그러나 인터넷에서 구입하고 나면 번번이 마음에 들지 않았다. 그런데 엄마들 모임에서는 그런 정보들까지 다 알려주었다. 거기에다 논술, 영어, 수학 등 여러 학원 중에 어디가 좋은지 일목요연하게 정리해서 알려주니, 그동안 맨땅에 헤딩하듯 찾아 헤맨 지난 시간들이 아까워졌다.

엄마들 모임은 시간 낭비라는 나의 잘못된 편견으로 오히려 더 시간 낭비를 했다는 사실을 알았다. 물론, 개중에는 남들 욕이나 하는 등 시간 낭비만 하는 모임도 있다. 그런 곳은 피하고, 정보를 나누고 서로 도움이 되어줄 수 있는 모임을 찾는다면 그보다 더 좋을 수 없다.

나는 이곳에서 치과 실장 강원주가 아닌, 소진이 엄마이자 그냥 '강원주'로 함께 했다. 내가 일하는 걸 다들 잘 알고 있기에, 내가 일마치고 올 때까지 우리 아이들이 놀이터에서 놀 때 같이 봐준다. 간식을 챙겨주기도 하고, 학원 차에서 내릴 때 픽업을 도와주기도 했다. 그들의 배려에 감사해서 부담스럽지 않은 선에서 과일이나 먹을 것을 챙겨주고, 생일 때마다 놓치지 않고 작은 선물이라도 하여 마음을 표현했다.

그리고 강원주인 나 자신 그대로를 받아들여 서로 "00 씨."

"원주 씨"라고 부르며 개인적인 얘기를 나누기도 했다. 그저 치과 실장 강원주, 강사 강원주만이 나의 페르소나라고만 생각했지, 그간 소중한 일반인 강원주, 엄마 강원주는 잊고 있었다. 그들 덕분에 또 다른 나의 페르소나를 찾을 수 있었다.

엄마들 중에는 전업맘도 있지만 프리랜서로 활동하는 사람들도 많다. 아이들 등교 후 파트타임 업무나, 강의, 오프라인 매장 운영, 온라인 숍 운영 등을 하며 자신을 가꾸고 있었다. 전업 엄마들도 집에만 있는 것이 아니었다. 운동이나 자기계발을 하며, 자기관리를 철저한 엄마들도 있다. 내가 만난 엄마들 중에는 집안일과 자녀교육 전문가 역할에 자신의 일까지 하는 멋진 엄마들이 정말 많다. 그동안 편견에 갇혀 이런 멋진 사람들을 만나지 못했다고 생각하니 부끄러웠다.

엄마들의 모임에 편견이 있었다면 다시 한 번 들여다보자. 어쩌면 시간이 없다는 핑계로 더 많은 시간을 낭비하고 있을지도 모른다. 득과 실만 따질 것이 아니라, 그 안에서 마음을 나누면 또 다른 나를 찾게 될 것이다.

독박육아는 그만!
육아 공동체를 활용하라

~~~~~~~~~~~~~~~~~~~~~~~~~~~~~~~~~~~~~~

"엄마. 친구들이랑 수영장 가는 게 너무 신나. 그럼 물놀이부터 하는 거야?"

첫째 아이가 아침부터 여행에 설레어 잠도 못자고 준비하느라 분주하다. 여행 가기 며칠 전부터 들떠서 "엄마. 나 이 옷 입을까? 저 옷 입을까?"라며 물어보고, 친구들과 카톡을 하며 나름의 준비를 하고 있었다.

학교에서 교우관계로 힘들어했던 아이의 모습은 온데간데없고 다시 밝음을 되찾았다. 이렇게 되기까지에는 많은 노력이 있었다. 그동안 멀리했던 엄마들 모임에 참여하기 시작했고, 학교에서 전통적으로 내려오던 봉사모임에도 적극 참여했다.

그동안 엄마들 모임을 '시간 낭비', '쓸데없는 짓'이라고 생각하고 피했지만, 처음 참여한 모임에서 오히려 더 큰 도움을 받았다. 그때부터 무작정 피할 것이 아니라 똑똑하게 활용하기로 했다.

처음 떠나는 1박 2일의 여행은 엄마와 아이들만 간다. 주말에는 늘 가족들과 함께 하다가 새로운 사람들과 함께한다는 것에 설렘 반, 걱정 반이었다. 과연 아무 일 없이 잘 지내다 올 수 있을지 걱정도 되면서도 좋아하는 아이를 보니 나도 좋았다. 문제는 대학원 논문이었다. 여행 가는 날짜가 논문 제출 하루 전이었던 것이다. 평일에는 일하느라 바쁘다 보니 주말에 몰아서 논문을 마무리하려고 했지만, 이제 계획을 변경해야 했다. 일단 일은 잠시 잊고 여행에 몰두했다. 그동안 직장맘이라고 해서 여러 배려를 받아왔는데, 이번에는 내가 자진해서 장보기를 맡았다.

여행지에 도착하자 아이들은 수영장으로 마구 뛰어갔다. 엄마들은 내게 아이들을 보고 있으라고 하고 짐 정리를 하러 갔다. 나는 얼른 노트북부터 열었다. 빠르게 논문 정리를 하면서 중간, 중간 아이들이 잘 노는지 체크했다. 얼마나 시간이 지났을까? 아이들이 물놀이를 끝낸 다음, 숙소로 가보니, 그동안 다른 엄마들이 짐 정리뿐만 아니라 재료 정리, 음식까지 다 해놓은 게 아닌가? 덕분에 논문 정리를 할 수 있었고, 기간 내에 맞춰 제출할 수 있었다. 이 또한 엄마들의 배려였으리라.

일요일에 떠난 여행이라 월요일 반차를 내고 갔지만, 역시나 아이들은 더 놀고 싶어 했다. 빨리 직장에 출근해야 하는 나는 애가 탔다.

"소진아. 엄마 먼저 병원에 일 때문에 가봐야 할 것 같은데. 어떡하지?"

이렇게 말했지만 사실 내 속에서는 '그냥 모르는 척 가지 말까?'라는 생각이 교차하고 있었다. 반차도 마음대로 못 쓰고, 더 놀고 싶어 하는 아이를 보니 애가 타서 갑자기 사표를 쓰고 싶다는 생각에까지 미쳤다.

첫째 아이는 익숙한 듯, "응. 엄마 난 괜찮아. 친구 엄마 차 타고 집에 가 있으면 돼."라고 했다. 속으로 짠하면서도 생각보다 정말 잘 컸다는 생각에 기특했다. 같이 간 엄마들이 "전화 오는 것 같은데, 먼저 가 봐도 돼. 우리가 소진이랑 애들 좀 더 데리고 있다가 집에 데려다줄게."라며 배려해 주었다.

혼자 차를 몰고 직장으로 가는 길에 많은 생각들이 스쳤다. 만약 내가 일만 하고 관계에 소홀히 했다면 어떻게 되었을까? 아마 내 맘대로 되지 않는 아이들과 씨름하면서 오히려 일과, 육아 모두 힘겹게 붙들고 있었을지도 모른다.

퇴근 후 집에 돌아가니 아이들이 친구들과 게임하면서 두둑하게 받아온 선물을 가지고 와서 내게 자랑을 했다. 이후에도 내가 없는 빈자리를 엄마들이 메워주었다. 고마운 마음에 작은 성의를 표시하고, 내가 시간이 될 때는 친구들을 돌봐주었다. 그렇게 함께 '육아 공동체'를 통해 육아하니 힘이 덜 들고, 무엇보다 즐거웠다.

좋은 인간관계는 곧바로 삶의 에너지가 된다. 이상하게도 행복한 사람들은 행복한 사람들끼리 모이고, 주위에 행복을 전파시킨다. 예전에 같이 일한 직장동료는 철저히 본인 위주의 만남을 했다. 자신은 목적이 없는 만남은 하지 않고, 필요하지 않는 사람과는 교류하지 않는다고 말했다. 바쁜 현대사회에서 어쩌면 그 생각이 일부 맞을지도 모르겠다. 하지만 시간이 지날수록 그 사람 주변에는 아무도 남지 않을 것이다. 달면 삼키고, 쓰면 뱉어버리는 행동을 누구도 좋아하지 않을 테니까.

독박육아로 힘들어하는 엄마들이 많다. 주변에 친인척이나 지인이 없어서 혼자서 모든 것을 도맡아 하면서 정신병에 걸리기도 한다. 그럴 때일수록 주변의 육아 공동체를 활용하자. 혼자 하면 빨리 가지만, 함께 가면 더 멀리 갈 수 있다. 그동안 나는 나 혼자 빨리 가려고 아등바등했지만, 결과적으로 '둘째의 틱', '문제에 부딪히면 쉽게 포기하는 아이'라는 원치 않았던 결과물을 얻었다.

아이는 혼자 키우는 것이 아니다. 온 세상이 함께 키운다. 그리고 그 속에서 아이는 더 크게, 더 멀리, 더 높게 성장한다.

제3장

/

엄마의 '나' 공부 :
엄마이자 나를 분리하는 법

Mom's Independence

대물림되는
'엄마' 이미지 삭제하기

～～～～～～～～～～～～～～～～～～～～～

"엄마가 하지 말랬지?"

나도 모르게 소리 지르며 아이를 향해 온갖 비난의 말을 퍼부었다. 그러다가 문득 나를 알아차리고, 잠시 멈추어 크게 숨을 들이마시고 내쉬었다. 어느 정도 진정이 되자 다시 아이에게 제대로 말을 할 수 있었다.

나는 엄마처럼 살고 싶지 않았다. 아빠에게 맞고 살면서도 '억' 소리 한번 안 내고 감내한 엄마. 엄마는 항상 입버릇처럼 "너만 생기지 않았다면…."이라는 말을 자주 했다. 그 당시만 해도 낙태는 아주 위험한 것으로 생명이 위험할 수 있어 날 지우지 못했다고 한다. 아니, 무엇보다 생명을 지울 수는 없었다. 나는 그런 말을 들을 때마다 내 부모가 제발 드라마나 영화에서처럼 아이가 바뀐 것이길 기도했다. 분명 부잣집 부모가 따로 있을 거라고 생각했다. 진짜 우리 엄마 아빠가 아닐 거라고.

아빠는 돈만 들어오면 나가서 술 마시고, 여자들을 만나기 바빴고, 엄마는 아빠를 찾으러 여기저기 헤매고 다녔다. 늦은 밤이나 새벽을 가리지 않고 아빠가 집에 올 때까지 찾아 헤매고 다녔다. 술집에서 찾아서 데리고 온 적이 한두 번이 아니었다. 신혼 초에는 일하러 간다고 나가서는 몇 달 동안 집에 오지 않아 엄마가 우리를 키우면서 일까지 해야 했다.

추운 겨울, 따뜻하게 피울 연탄 한 장 살 돈이 없어서 근처에 살던 작은 외삼촌댁에 가서 연탄 값을 빌리기도 했다. 그때마다 외숙모한테 타박을 받았지만, 엄마는 아이를 위해 몸을 사리지 않았다. 젖먹이인 나를 들쳐 업고, 봄에는 쑥이랑 냉이를 뜯어 시장 한 모퉁이에서 팔았다. 처음으로 해보는 것이라, 흙과 주변 풀을 정리를 하지 않고 어깨너머로 다른 상인들이 하는 것을 보고 팔았는데 그게 문제가 되었다. 어떤 사람이 사 갔다가 가져와서 엄마 얼굴에다 쑥을 던지면서 쌍욕을 했단다. 나로서는 상상도 가지 않는 당시의 삶, 엄마는 그 세월을 어떻게 지냈을지 감히 헤아릴 수조차 없다.

어린 나이에 결혼해서 나를 키우느라 얼마나 힘들었을까? 아이는 어리고 돈 벌러 나간 신랑은 일을 할러 간 건지 술을 마시고 여자를 만나는 건지 알 수가 없다. 핸드폰도 없던 시절, 답답하고 화도 났을 것이다. 나 또한 일찍 결혼해서 두 아이를 낳고 키우면서 힘들어서 울기도 많이 울었는데, 내 경우는 아무것도 아니란 생각이 들었다. 그래도 나는 신랑이 나를 감싸 안아주고, 잘 챙겨줬는데, 엄마는 말만 부부였지 최소한의 보살핌도 못 받았다고 생각하니 너무 가슴이 아팠다.

　말은 모질게 하면서도 우리가 굶고 다닐까 봐 하나하나 살뜰히 챙겨주시던 엄마. 자신은 힘들면서 우리는 따뜻한 쌀밥에 고기반찬을 챙겨주고, 이것저것 다 배우라고 없는 살림에 학원도 보내주셨던 엄마. 가끔은 쌓인 짜증과 화풀이 대상이 되어 엄마의 감정 쓰레기통이 되곤 했지만, 지금은 나도 엄마가 되면서 그때의 엄마를 조금은 이해할 수 있게 되었다.

　그 시절 아들 바라기가 많았던 때, 엄마도 아들을 좋아했다. 아직도 기억난다. 〈아들과 딸〉이라는 드라마. 어릴 때였지만 그 드라마의 모습과 우리 집 모습은 비슷했다. 나는 '엄마의 아들'을 위해서 일을 해야 했고, 내가 번 돈은 고스란히 남동생의 학비로 들어갔다. 지금도 여전히 이어지는 남동생 뒷바라지는 끝날 줄 몰랐다. 엄마처럼 살지 않겠다고 했으면서 나도 모르게 정서가 대물림 되면서 그렇게 살고 있었다. 우리 딸만은 그러지 않겠다고 하고선 나도 모르게 아들에게 더 많은 사랑을 준 것 같다.

　문득 대학교 3학년 때가 생각난다. 추운 겨울이면 어김없이 떠오르는 그때의 기억. 대학병원에 실습을 가야 하는데, 그 당시 엄마는 빈 몸으로 나랑 동생만 데리고 집을 나온 상태였다. 실습비는커녕 매달 월세 내기도 힘들었다. 엄마는 내게 실습비 줄 돈 없으니 알아서 하든지 실습을 가지 말든지 하라고 했다. 상황이 그러하니 당연히 받을 생각도 없었지만 이어진 엄마의 말에 조금 속이 상했다.

"졸업해서 취업하면 월급 받아서 매달 키워준 값 내놔!"

꼭 지금 이 상황에서 그렇게까지 말해야 했을까 싶었다. 서운했지만, 우리를 어떻게든 지키려고 노력하는 엄마를 원망하고 싶지 않아 흐르는 눈물을 삼키며 알겠다고 했다.

엄마가 좀 더 따뜻하게 대해 줬더라면 조금은 내가 다르게 클 수 있지 않았을까? 엄마가 된 지금, 엄마를 이해하면서도 아쉽다. 나는 실습비를 벌기 위해 횟집에서 아르바이트를 해야만 했다. 차가운 물에 상추와 야채를 씻고 회를 날랐다. 너무 손이 시려서 떨어져 나갈 것 같은 추위에도 불구하고 실습비를 위해 꾹 참아야만 했다. 이번만 견디면 곧 졸업하고 취업할 수 있다는 생각에 견딜 수 있었다.

엄마는 내게 '희생정신'과 함께 '마음의 상처'를 주었다. 무슨 일이 있어도 절대로 우리 손을 놓지 않고 끌어주면서도 늘 말로 상처를 주었다. 그 상처는 내면속의 어린아이에게 그대로 화살이 되어 꽂혔고, 그렇게 몸만 성장한 나는 내 아이에게 똑같은 말로 상처를 주었다. 절대로 그렇게 살지 않겠다고 다짐했으면서.

그래서 더더욱 두 아이에게 모질게 하지도, 그렇다고 너무 다정하지도 않은 어중간한 태도를 유지했던 것 같다. 그게 오히려 독이 되는지도 모르고. 잘못을 해도 명확하게 짚어주지 못하고, 제대로 혼 한 번 낸 적도 없었다. 나도 모르게 '아이한테 화를 내면 안 된다. 좋은 말만 해야 한다.'라고 강박처럼 갖고 있었던 마음이 내 이미지조차 흐리게 만들고 있었다. 진짜 내가 원하는 게 무엇인지, 어떻게 육아를 해야 하는지도 헛갈리기 시작했다. 아이에게 무거운 짐을 지어주고 싶지 않은 마음에 한 행동이 오히려 아이에게 관심을 주지 않는 것처럼 느껴졌던 게 아닐까?

이제는 대물림되는 엄마의 그늘에서 벗어날 시간이다. 아이들을 건강하게 키우기 위해서라도 다시 일어서야 했다. 더 이상 그늘 속에서 '나도 그랬어. 나도 힘들어.'하며 징징거릴 수 없었다. 아이에게 집중하는 시간을 강제로 줄이기 위해 내 일에 집중했다. 내 사업을 키우고, 책을 읽고, 글을 쓰며, 나와 대화하는 시간을 자주 가졌다. 그렇게 오롯이 나로서 존재하기 위해 노력했다. 그러자 아이는 점점 좋아졌다. 아이에게 집중하며 전전긍긍하면 할수록 자꾸만 돌이킬 수 없는 강을 건너는 기분이었는데, 내가 걱정과 불안을 내려놓고 아이를 오롯이 믿으니 아이가 달라졌다. 스스로 생각하고, 결정하고, 일어서게 되었다. 작은 것

하나 결정하지 못해 물어보던 모습은 온데간데없어졌다.

실은 아이가 문제가 아니라 엄마인 내가 문제였다. 엄마는 엄마이기 이전에 '나'다. 자꾸만 그것을 간과하기 때문에 '나'를 지우고, 그 위에 자꾸만 이전의 엄마 이미지를 덧씌운다. 맞지 않는 옷을 억지로 입으려고 하다 보니 자꾸만 삐걱거리게 되고, 나도 모르게 터져 나오는 진심에 아이들은 어쩌면 헷갈렸을지도 모른다.

이제는 일을 하면서 강사로서, 컨설턴트로서, 작가로서, 대표로서 하나하나 단계를 밟아 성장해나가면서 나를 찾아가면서 행복을 알았다. 내가 행복해지니 아이에게 조급함도 사라지고 마음이 편안해졌다. 어느 순간 평온한 가족들의 모습을 보고 깨달았다.

'아. 모든 것은 엄마의 마음가짐에 달렸구나.'

내가 행복하면 된다. 내가 편안하면 아이도 편안하고, 가정이 편안해진다. 대물림되는 엄마의 이미지를 삭제하고 그 안에 '나'를 넣자. 그래야만 엄마로서, 아내로서, 나로서 오롯이 존재하게 된다.

서로 다름을 인정하고
존중하기

~~~~~~~~~~~~~~~~~~~~~~~~~~~~

소나무와 장미꽃이 있다. 소나무는 장미가 부러웠다. 향기로운 향을 내는 꽃이 피는 장미가 되고 싶었다. 장미는 소나무가 부러웠다. 잠깐 피고 지는 자신과 달리, 사시사철 푸르른 빛깔을 뽐내며 든든하게 자리를 지키는 소나무가 되고 싶었다.

소나무는 장미가 될 수 없고, 장미 또한 소나무가 될 수 없다. 소나무마다 모양은 모두 각기 다르다. 구불거리며 자라는 소나무, 쭉쭉 위로 뻗어나가는 소나무, 줄기가 여러 갈래로 갈라진 부채꼴 모양의 조경용 소나무, 잎이 아래로 축축 처지는 소나무도 있다. 장미 역시 모양이 다양하다. 흐드러지게 피는 형, 국화처럼 수십 송이씩 모여 피는 형, 높은 담장이나 아치에 장식하는 덩굴장미 등 수백 가지가 있다.

모두 환경에 따라 다르게 자란다. 소나무가 장미가 될 수 없고, 장미가 소나무가 될 수 없는 것처럼 태어난 그 기질 자체는 바뀔 수 없는 본성이다.

아이도 마찬가지다. 한 배에서 태어나도 모두 다르다. 내 욕심 때문에 내 생각을 강요하면 아이와 틀어질 수 있다. 사람이 많거나 자신이 주목받는 것을 싫어하는 아이 성향을 이해하지 못하고, 화려하고 요란한 걸 좋아하는 엄마가 아이 생일에 맞춰서 여러 사람을 초대하고 풍선 등으로 꾸며 축하해준다고 해서 아이가 좋아할까? 오히려 아이는 그 축하가 부담스럽고 싫어서 피하게 될지도 모른다. 쑥스러워서 숨는 아이를 억지로 끌어내서 사람들 앞에 서게 한다고 해서 아이가 자신감이 얻거나 갑자기 말을 잘하게 되는 일은 없다.

오히려 조용히 가족들끼리 케이크 하나 놓고 눈을 마주치면서, 축하한다고 속삭여주는 것이 좋다. 어떤 부분이 좋았는지, 널 보면서 어떤 느낌을 받았는지, 널 가졌을 때 얼마나 행복했는지에 대해 말해준다면 아이는 더 행복해할 것이다.

아이의 진로를 걱정하는 마음은 모두 같을 것이다. 내 아이가 나보다 더 좋은 직업을 가지고, 편안한 삶을 살길 바라는 마음에 채찍질하고 강요한다. 분명 아이는 다른 꿈이 있는데 자꾸만 더 좋은 꿈을 꾸라고 한다. 그렇게 자신의 꿈은 숨긴 채 공부만 한 아이는 커서 올바른 선택을 할 수 있을까? 요즘 떠들썩한 'Chat GPT'를 보면서 더더욱 아이에게 필요한 건 '올바른 선택을 할 수 있는 굳은 심지와 사고력'이라는 걸 알게 된다. 그러기 위해서는 누군가가 골라주는 것이 아닌, 아이가 스스로 선택하고 책임질 수 있도록 뒤에서 지켜볼 수 있어야 한다. 때로는 잘못된 길을 가더라도 아이가 스스로 일어날 수 있도록 기다릴 줄 알아야 한다.

방목하라는 게 아니다. 아이를 믿고 신뢰하라는 말이다. 아이는 신기하게도 엄마가 자신을 내버려 두는지, 믿는지 다 안다. 눈빛과 행동에서 모든 것을 읽는다. 엄마의 눈빛 속에서 아이는 더 단단하게 자랄 수 있다.

남편과 나는 서로 너무 다르다. 남편은 이성적인 머리형이고, 나는 감성적인 가슴형이다. 나는 감정을 얘기하는데 남편은 자꾸만 논리적으로 풀어낸다. 서운할 때도 있지만, 지금은 서로를 있는 그대로 인정한다. 이것저것 하고 싶은 욕심 많은 나를 든든하게 지지해 주며, 대학원 등록금도 지원해 주는 남편. 서울로 강의를 하러 갈 때 조금이라도 편안하게 쉬라며 왕복 6시간 거리를 운전해 주기도 했다. 지금은 글을 쓰고, 엄마들과 긍정적 나눔을 하는 나를 응원하며 내가 글을 쓸 때는 아이를 '케어'해준다.

엄마도 엄마가 처음이라 서툴 수밖에 없다. 아내도 처음이다. 당연히 시행착오를 거칠 수밖에 없다. 처음 운전대를 잡았을 때 쿵쾅거리는 심장을 부여잡고, 핸들을 두 손으로 꽉 잡은 채 가슴은 앞으로 튀어나올 듯 내밀고 슬슬 기어 다녔던 것처럼, 우리는 서로 맞춰가고 있는 과정이다. 완벽하지는 않지만, 서로가 다름을 인정하고 존중할 때, 관계는 더 단단해진다.

그리고 '나'를 있는 그대로 인정할 때 비로소 진짜 '나'로 존재할 수 있다.

'누구네 엄마',
잃어버린 이름을 찾아서

~~~~~~

"언니 잘 지내요? 새해 복 많이 받아요."

신랑의 사촌 아가씨에게 연락이 왔다. 나에게는 아가씨들이
있다. 한 명은 시댁 작은아버님의 딸이고, 한 명은 시고모의 딸로
모두 사촌 아가씨들이다. 신랑은 사촌들과 사이가 좋았다. 그러
다 보니 나도 사촌들과 '아가씨', '언니' 하면서 자주 연락을 하고
가깝게 지낸다.

오랜만에 연락 온 은지아가씨는 이제 갓 100일이 지난 둘째
와 3살 첫째를 키우고 있다. 첫째 임신해서 막달까지 일하고 출
산했는데, 바로 복직해서 다닐 정도로 일에 대한 열정이 대단했
다. 그러다 둘째를 유산하면서 어쩔 수 없이 일을 그만두고 전업
맘으로 전향했다.

"아이만 키우다 보니 너무 답답해요. 혼자만의 시간을 갖고 싶어요."라는 아가씨의 말을 들으니 예전의 내 모습이 떠올랐다. 첫째를 갖고 막달까지 일하고, 출산 후 한 달 만에 복귀해서 일했던 나. 둘째를 임신했을 때도 마찬가지. 쉴 틈이 없었다. 잠시만 쉬어도 답답하고, 마냥 일을 하고 싶었다. 치과에서도 빨리 복귀를 원하기도 했으니 말이다. 그러다 보니 아가씨의 그 마음이 충분히 이해가 갔다.

꼭 일을 하지 않더라도 나만의 시간을 갖고 싶은 것은 전업맘이든 워킹맘이든 모두 같다. 육아만 하다 보면 내가 '나'인지, '누군가의 엄마'인지 헷갈릴 때가 있다. 당연히 아이의 엄마이지만, 너무 엄마로만 살다 보면 내가 사라지는 기분이 든다. 나도 무언가 하고 싶은 일이 있고, 열정이 있고, 열심히 살아왔던 사람인데, 갑자기 육아를 하면서 모든 것을 내려놓는다는 것이 그리 쉽지는 않다. 그렇게 엄마들에게 우울증이 오게 된다. 현재 일을 하고 있지 않더라도 나만의 시간을 갖는 것은 정말 중요하다. 잠깐이라도 오롯이 나만의 시간을 내어보자. 잠시의 쉼은 육아를 훨씬 생동감 있게 해준다.

나는 아가씨에게 정말 작고 소중한 지금을 즐기라고 말해 주었다. 시간이 지나고 나면 이 작은 모습들이 너무 그리울 테니 말이다. 신생아 때는 뱃속에 있을 때가 그립고, 걸을 때면, 누워 있을 때가 그립고, 뛰면 걸을 때가 그립고, 말대꾸하면 "엄마. 아빠." 할 때가 그립다. 지금은 답답하고, 친구도 만나고 싶고, 예쁘게 차려입고 신랑이랑 둘이 오붓이 카페도 가고 ,술 한 잔 기울이고 싶을 때도 있지만, 딱 이때만 할 수 있는 일들이 있다.

아가씨에게 이 순간을 즐기고, 나만의 시간도 꼭 내어서 미리 준비하라고도 말해주었다. 지금 당장은 아니더라도 언젠간, 빠르면 몇 달, 늦으면 몇 년, 아이가 스스로 일어설 때가 오면 나도 '누구네 엄마'에서 '나'로 설 준비를 해야 한다. 그때 가서 준비하면 너무 늦다. 허둥지둥하다가 진짜 내 꿈이 뭔지 모른 채 허송세월할 수도 있다. 단 30분이라도 나만의 시간을 보내며 준비하자. 그것이 내 꿈의 초석이 된다.

또 한 아가씨는 명은아가씨이다. 첫째 아이와 둘째 모두 우리 아이와 나이가 같다 보니 아이들 성장발달이나 학교에 대해 물어볼 때 말이 아주 잘 통한다. 교육 관련 정보를 알려주고, 학교에서 문제가 생겼을 때 조언도 해준다. 내가 아이들을 키우면서 잠시 휴직을 한 적이 있었다. 그런데 워낙 의료계는 빠르게 변하다 보니 잠시만 손을 놓아도 못하게 될까 봐 많이 불안해했다. 시댁에 대한 고민 상담 때도 그때마다 위로해 주고 할 수 있다고 용기를 주었다.

명은아가씨는 전업 맘임에도 불구하고 자기계발을 게을리하지 않는다. 매일 플라잉 요가로 신체를 단련하고, 책을 읽는다. 아이들을 키울 때도 자신만의 철학이 확고해서 흔들림이 없다.

남들이 핸드폰을 사줄 때 손목시계를 사주며 아이가 시간 약속을 잘 지킬 수 있도록 교육한다. 돈이 있어도 알뜰하게 쓸 수 있도록 알려주고, 물건도 함부로 쓰지 않게 하며, 아껴 쓰고 나눠 쓰고, 물려주었다. 아이들을 사랑하면서도 절대로 끌려 다니지 않고 자신의 소신대로 키우는 모습이 너무 멋있다.

모든 것이 아이들에게만 포커스가 맞춰지면 나로서의 삶은 없어진다. 집에서도 엄마, 밖에서도 엄마라면 내 이름은 어디로 사라지는 것일까? 꼭 일을 하라는 것이 아니다. 일을 해야만 내 이름이 찾아지는 것이 아니다. 내가 나를 찾으면 내 이름은 자연스럽게 따라오게 된다.

두 아이 모두 '똑' 소리 나게 키운 전업맘 A씨. 그녀의 큰 아이는 골프를 주 종목으로 배우며, 한국어 자격시험과 한자 자격시험 등 여러 자격증을 땄다. 둘째 아이는 교육방송에도 나올 정도로 판소리 실력이 엄청나다. 대회 날이 되면 전국을 함께 누비며 뒷바라지를 하지만 ,그렇다고 해서 아이에게만 초점을 맞추지 않는다. 코디하는 것을 좋아해서 자신의 건물에 엄마와 아이 옷 가게를 운영하고 있다. 본인 스케줄에 맞춰 움직이고, 꼭 아이의 스케줄에만 맞추지 않는다. 엄마로서도, 옷 가게 CEO로서도 성공한 삶을 살고 있다.

헬리콥터 엄마로서의 삶이 목표라면 할 말은 없지만, 그렇게 아이를 다 키우고 보내고 나면 나에게 남는 것이 무엇일까? 아이에게만 오롯이 맞춰온 엄마들이 아이들이 떠나고 나면 허탈감을 많이 느낀다고 한다. 이를 '빈 둥지 증후군'이라고 한다.

이에 얽힌 한 영화가 기억난다. 픽사에서 만든 〈bao(바오)〉라는 애니메이션 영화인데, 단 8분짜리 초단편영화로 줄거리는 다음과 같다.

장성해서 집을 떠난 아들을 너무나 그리워한 어머니에게 어느 날 이상한 일이 일어난다. 아들이 좋아하던 만두를 빚었는데, 만두(바오)가 갑자기 사람이 되어 성장하게 된다. 엄마는 바오를 아들처럼 키우고 바오는 '껌딱지'처럼 엄마를 졸졸 따라다닌다. 하지만 시간이 지나자 바오는 친구나 애인을 만나기 위해 엄마를 떠나 밖으로 나돌기 시작한다. 그러자 엄마는 실망하여 우울증에 빠지고 만다. 그리고 바오가 집을 떠나려하던 날, 감정이 격해져서 자신도 모르게 아들인 만두(바오)를 먹어버린다. 그러나 곧 아들을 먹어버렸다는 자책감에 자리에 눕고 만다. 이 모습을 지켜보고 있던 남편은 진짜 아들을 데려온다. 사실, 바오는 실체가 아니라 아들을 떠나보낸 엄마가 만들어낸 감정의 투영체였던 것이다. 결국, 돌아온 진짜 아들과 만두를 나눠먹으면서 비로소 엄마는 행복에 젖어든다.

〈bao(바오)〉는 '빈 둥지 증후군'에 빠진 부모를 주제로 다룬 영화이다. 짧은 내용이지만 사랑을 듬뿍 주었던 아이가 떠나고 그 후에 남겨진 부모의 마음이 절절하게 느껴진 영화였다.

영화에서의 엄마처럼 가서 헛헛한 마음을 느끼지 않으려면, 우리도 아이에게만 포커스를 두지 말고 나를 먼저 돌아보자. 엄마는 당연히 아이를 생각하고 챙겨야 한다. 하지만 그전에 내가 행복하지 않으면 절대 아이에게 웃을 수 없다는 사실부터 기억하자.

내가 무엇을 좋아하는지, 잘하는 것은 무엇인지, 어떤 음악과 어떤 책을 좋아하는지, 어떤 놀이를 좋아하고, 무엇을 할 때 가장 즐거운지 적어보자. 그게 바로 '나'다. 이제는 '누구네 엄마'에서 '나'로 다시 태어날 시간이다. 잃어버린 내 이름을 되찾을 때 아이도, 나도 행복하다.

내가 가진 작은 조각으로
나만의 도미노를 완성하라

도미노는 오래전부터 세계적으로 인기 있는 놀이 중 하나이다. 도미노 조각 하나하나의 힘은 작지만, 모이면 엄청난 힘을 일으킨다. 도미노의 매력은 여기에 있다. 작은 힘이 모여 큰 것을 세우는 것. 우리의 삶도 이와 같다. '나는 안 돼.'라고 포기하는 것이 아니라, 하나씩 쌓아 올린 도미노에 '작은 성공'이라는 아주 작은 힘을 톡 하고 주면 하나씩 넘어지면서 큰 '목표' 도미노를 넘어뜨린다.

나는 내 힘을 믿지 못하고, 나를 바닥으로 내리치며 스스로를 비웃었다. 나는 못하는 사람이라고만 생각했다. 한없이 낮은 자존감은 아이들에게도 오롯이 전달되었고, 자존감에도 영향을 주었다. 내가 눈치를 보니 아이들도 눈치를 봤고, 내가 불안해하니 아이들도 불안해했다.

"당신 자신이 본인의 한계를 결정짓는 유일한 사람이다."라는 말이 있다. 나는 내 한계를 낮게 설정해놓았던 것이다. 그러니 무슨 일을 하든지 안 될 수밖에 없었다. 내가 이미 '나는 안 된다.'고 단정 지어놓았기에 할 의욕조차 생기지 않았던 것이다.

그러던 내가 하나씩 도미노를 쌓아 올려가기 시작했다. 병원 업무를 습득하는 것부터 시작해서 병원 강사, 컨설턴트, 작가로 하나씩 쌓아 올렸다. 쉽지 않았다. 계속해서 '나는 안 된다', '나는 못해.'라는 부정적인 감정이 나를 휘감아 내렸다. 그때마다 내 롤모델을 세워두고 그를 따라 했다. 롤모델은 계속해서 바뀌어갔다. 내 상황과 목표에 따라 그때그때 내게 필요한 롤모델을 세웠고, 그대로 따라 했더니 조금씩 자신감이 붙었다. 단순히 따라하는 것에 그치지 않고, 그 사람이 걸어온 길을 하나하나 조사하고 파악해서 온전히 내 것으로 흡수하려고 노력했다.

자기계발서 《원씽》에서도 벤치마킹과 트렌딩을 하라고 말한다. 내 머릿속으로만 생각해서는 좋은 아이디어를 얻기 쉽지 않다. 그럴 때는 일단 따라 해 보는 것도 좋다. 따라 하다 보면 어느 순간 내 속에 체화되고 완전히 내 것이 된다.

손흥민 선수는 어릴 때부터 브라질 축구선수 호나우두를 모델로 삼아 슈팅 기술을 연습했다고 한다. 어린 나이에 그를 롤모델로 삼고 따라 하겠다는 생각과 행동은 매일 연습으로 이어졌고, 현재의 세계적인 선수가 되는 밑거름이 되었다. 스티브 잡스는 한때 모든 포터블 음악 재생기를 일컫는 대명사였던 소니의 '워크맨'을 벤치마킹하여 '아이팟'을 개발하였다.

이처럼 벤치마킹은 성공에 큰 도움이 될 수 있다. 처음에는 절대 할 수 없을 것 같고 큰 벽처럼 느껴지던 일들을 하나씩 해나가면서 내 한계점이 점점 나의 '최저점'이 되어간다.

내가 만든 강의 중 하나인 '틀니의 신'을 만들게 된 계기도 그랬다. 물론 학교에서 책을 통한 이론을 배우지만, 임상에서 실제로 틀니를 만져보면 또 다르다. 본을 뜨고 제작하는 과정이 환자의 입안 상태에 따라 천차만별이다. 이론만으로 직접 틀니 본을 뜨고 배워 가는데, 어느 날 기공소에서 틀니 담당 기공사분이 "인상채득이 잘못 나왔는데요? 어디가 잘못 나왔는지 알고 있어요?"라며 나를 무시했다. 지금은 그분께 너무 감사하지만, 그 당시에는 큰 충격을 받았다. 제대로 배워서 꼭 콧대를 납작하게 해주리라 다짐하고, 기공사가 진행하는 틀니 세미나를 들으러 갔다.

그곳에서 틀니 제작 과정 등을 자세히 배웠지만 이론만으로는 갈증을 느꼈다. 실습부터 제대로 알려주는 곳은 아무리 찾아봐도 없었다. 그냥 내가 만들기로 했다. 나도 완벽하게 아는 것이 아니었기에 매일 기공소에 찾아가서 배웠고, 그 과정을 하나하나 동영상으로 만들어 강의자료를 만들었다. 시골지역에는 어르신 환자들이 많은 만큼 틀니 환자가 대부분을 차지하고 있었다. 여러 가지 다양한 케이스의 틀니를 많이 접하면서 틀니 실습에 누구보다 자신 있었 다. 거기에다 다른 강사의 강의에서 얻은 정보를 벤치마킹해서 이 세상에 단 하나뿐인 나만의 틀니 실습 강의를 만들었다.

그렇게 탄생한 것이 '틀니의 신'이다. 인상채득부터 만드는 과정까지 전부 영상으로 보여주고, 실제 인상채득 실습까지 넣은 전무후무한 강의였다. 이로 인해 나는 많은 사람들의 사랑을 받으며 임상의 신으로 접어들게 되었다.

내가 가진 것이 콘텐츠가 된다는 것을 모르는 사람들이 많다. 별것 아닌 경험이라며 자기 자신을 낮춘다. 그런 경험도 궁금해하는 사람들이 많음에도 불구하고 그것이 콘텐츠가 되고, 돈을 벌 수 있는 거리가 된다는 것을 모르는 것이다. 아니, 알지만 '내 경험은 별것 아니다.'라는 생각과 용기가 없기 때문이다.

이제 용기를 내자. 내 경험을 토대로 성장하고자하는 사람들도 많다. 나는 그 경험을 나눔으로써 더 배우고 성장하게 된다. 만약 내가 그저 치과에서 일하면서 내 노하우를 나만 간직하고 있었다면 지식을 정리하지 않았을 것이고, 그저 머릿속에만 남은 암묵지가 되었을 것이다. 내게 일침을 날린 기공사 덕분에 열정을 태워 정리했고, 그것이 콘텐츠가 되고, 강의가 될 수 있었다.

시작은 작은 도미노 한 조각에서부터다. 이 작은 시작이 큰 도미노를 무너뜨린다. 당신의 작은 조각은 무엇인가? 그 조각을 꺼내어보자. 이제 시작이다.

제4장

엄마의 돈 공부 :
경제적 독립 없이는
인격적 독립은 없다

Mom's Independence

가난의 대물림을
끊고 싶었다

〰〰〰〰〰〰〰〰〰〰〰〰〰〰〰〰〰

'가난을 대물림해서는 안 된다. 극복할 수 있는 건 내 몸에 흐르는 뜨거운 땀이다.'

여행 중에 한 타이어 가게에 걸려있던 이 문구가 내 마음을 때렸다. 내가 조금 더 열심히 살면 우리 아이들은 조금 더 편하게 살 수 있지 않을까? 문득 한 아이의 이야기가 생각난다.

양쪽 볼이 빨갛게 얼어 콧물을 질질 흘리던 한 아이는 이제 갓 5살이 됐다. 아이는 추운 겨울, 강원도 두메산골 속실리에서 엄마 아빠를 기다리고 있다. 그해 겨울에도 안 오려나보다. 그다음 해에는 포항 큰이모집에서 언니 오빠들과 매일 달력에 동그라미를 치면서 "열 밤만 자고 나면 엄마가 데리러 온대." 하는 소리에 매일 열 밤 째가 되길 새면서 잠들었다. 열 밤이 30번은 지낳을까? 아이는 그제야 엄마를 만날 수 있었다. 하지만 그것도 잠시뿐. 반나절 동안 아이 얼굴만 보고 엄마는 또 10밤 자고 온다고 하며 떠난다. 그렇게 그 10밤을 30번을 보낸다.

5살 난 그 아이는 바로 '나'다. 너무 가난해서, 도시에서 함께 살 월세 방을 구하기 위해 여기저기 동분서주하며 일을 하느라 부모님은 나와 함께 할 수 없었다. 엄마가 가끔 오면 좋아서 안겨 있다가 잠깐 노느라 한눈파는 사이에 엄마는 인사도 없이 떠나곤 했다. 나중에 그 사실을 알고 얼마나 울었는지 모른다. 혹시라도 내가 울며 매달릴까 봐 몰래 갈 수밖에 없었던 엄마의 심정은 오죽했을까? 그렇게 나는 강원도, 포항 등지의 친척 집을 전전하며 약 3년을 엄마와 떨어져 지내야 했다.

물론 시골 친척 집에서 지내면서 좋은 기억들도 많다. 사촌 언니와 집 뒤 개울가에서 전화기 모양의 돌을 찾아 전화 놀이를 하고, 삼촌이 개구리를 잡아서 뒷다리를 튀겨주면 맛있게 먹었다. 지금은 절대 못 먹을 것 같은 시커먼 개구리 알까지 아낌없이 먹는 신기한 체험도 많이 했다. 인형 살 돈이 없어서 어쩌다 생긴 '칸쵸'라는 과자 포장지에 있는 토끼 그림을 그려 오려 붙인 뒤 인형처럼 갖고 놀기도 했다.

친척 집에서의 생활은 나쁘지 않았다. 항상 나한테 먼저 밥상을 챙겨주고 어린 나를 예뻐해 주셨다. 사랑을 받고 자랐지만 엄마 아빠와 떨어져서 지내는 것은 힘든 일이었다. 그렇게 약 3년을 떨어져 지내다 드디어 엄마 아빠가 나를 데리러왔다. 하지만 우리 집 형편은 나아지지 않았다. 아니, 오히려 데리고 가는 바람에 내가 더 힘들었던 게 아닌가 싶다. 없는 살림에 나까지 보태야 했으니 말이다.

가난이 힘들었던 아빠는 늘 술을 마셨다. 술의 힘을 빌려야 일을 할 힘이 났나 보다. 술을 마시고 온 날은 폭력과 함께 했다. 엄마를 때리고 소리를 질렀다. 나는 늘 두려움에 떨어야만 했다. 그렇게 술을 잔뜩 먹고 와서 가족들을 괴롭히던 아빠는 새벽 해가 뜨기 전에 늘 먼저 일어나서 일을 나가셨다. 단 한 번도 일을 어긴 적이 없었다. 아빠는 아침에는 트럭을 몰고, 낮에는 집에 와서 과수원 일을 했다. 그렇게 여러 가지 일을 하는데도 우리는 제자리걸음이었다. 아마도 나와 내 동생이 커가면서 돈이 더 많이 드니까 그랬을지도 모르겠다. 저축은커녕 매일 끼니 걱정을 해야 했다.

가난한 집에 살면서 나도 모르게 맞벌이하는 부모님 대신 동생은 내가 책임져야 한다는 일종의 의무감 같은 게 생겼다. 그래서일까? 대학을 졸업하고 취업전선에 뛰어들어 돈을 벌어 동생의 대학 등록금과 생활비까지 책임졌다.

내 책임감은 너무 강하다 못해 잘못된 방향으로 흘러갔다. 나는 결혼도, 사랑도 모두 포기하고 오직 동생을 키우는 데에만 올인 했다. 마치 동생이 내 자식같이 느껴져서 이 아이를 제대로 돌보지 않으면 큰일이 날것만 같았다. 어릴 때 여기저기 다니면서 컸던 내가 동생에게는 그런 일을 경험하게 하고 싶지 않았다. 어릴 때부터 시작된 뒷바라지는 동생이 성인이 되어서도 끝나지 않았다. 아니, 오히려 더 끊어낼 수 없었다. 습관이 되어버린 굴레는 벗어날 수 없었다.

그런 나를 잡아준 건 지금의 신랑이다. 내게 결혼하자고 해도 동생 등록금을 내줘야 한다는 말로 거절했다. 신랑은 그런 내가 안타까웠나 보다. 내가 힘들어할 때 자신이 모아둔 돈을 선뜻 내밀기도 하고, 계속해서 내 옆에서 나를 지켜주었다. 결혼도 뿌리친 나를 흔들림 없이 묵묵히 기다려주는 신랑을 보고 결국 모두 내려놓을 수 있었다. 아마 신랑이 없었다면 여전히 나는 내 모든 것을 희생하고 있었을지도 모른다.

동생과 가족에 대한 집착은 결혼 후 아이들에게로 향했다. 어릴 때부터 가난을 물려주는 부모가 되지 않겠다고 다짐을 하며 살았던 나는 가난이 지긋지긋했다. 내가 치과위생사라는 직업을 선택한 것도 돈 때문이었다. 취업 100%에, 의료기사지만 의료인급 대우를 받고, 급여도 섭섭지 않다는 말에 바로 선택했다. 돈 때문에 시작한 직업이지만, 지금은 오히려 그 직업으로 행복한 삶을 살고 있으니 선택에 후회는 없다. 오히려 감사하다.

참 신기하게도 싫다고 말하면서도 아이는 부모의 모습을 보고 자란다. 아이는 부모의 거울이다. 나는 아빠가 싫고 무서웠다. 그러면서도 한편으로는 가엾고, 안타까웠다. 여러 가지 감정이 복합적으로 얽혀 내가 과연 아빠를 어떻게 생각하는지 잘 모르겠다. 지금은 보고 싶어도 볼 수 없기에 그저 '아빠도 힘들었고, 고난을 겪어야 했구나.'라며 스스로 위로한다. 보고 자란 게 무섭다고, 나도 아빠처럼 술을 밤새 먹고 토하면서도 직장에 빠지지 않고 무조건 출근했다.

하지만 성실만 가지고는 절대 부자가 될 수 없다. 수저가 없이 자란 사람들은 수저를 만드는 것조차 힘들다. 나는 신랑과 맞벌이로 번 돈을 차곡차곡 모으면서 부동산 공부와 주식공부를 하며 자산을 불리는데 집중했다. 아무리 열심히 일을 해도 노동 수입만으로는 절대 부자가 될 수 없다는 것을 일찍부터 깨달았다.

자산을 불리면서, 수익 파이프라인을 늘리는 것에도 집중했다. 하나의 우물만 파는 것보다 탄탄한 우물 하나가 만들어졌다면, 곁가지로 우물을 더 만드는 것도 좋다. 나는 그렇게 치과 실장이라는 탄탄한 울타리 옆으로 강사, 병원 전문 컨설턴트, 작가, 뷰티 컨설턴트에 이어 엄마 브랜드를 만들고 있다. 이제는 아이들만 키우며 자신을 희생하는 엄마는 드물다. 아이들도 그걸 원하지 않는다. 엄마도 엄마의 인생이 있다. 엄마로서, 자신으로서 멋지게 사는 것이 아이들에게 더 좋은 영향을 미친다.

나는 내 경험을 담아 엄마들의 성장에 선한 영향을 미치는

'엄마 키움' 대표로 계속해서 성장해 나갈 것이다. 아이도 키우고, 엄마 자신도 키우는 엄마 키움. 이로써 가난의 대물림을 끊고, 더 멀리, 더 높게 날아갈 수 있을 것이다.

지식이
돈이 되는 기술

~~~~~~~~~~~~~~~~~~~~~~~~~~~~~~~~~~

우리는 지식이 돈이 되는 '지식정보화 시대'에 살고 있다. 코로나19로 인해 이 시대는 더욱 빨리 왔고, 많은 사람들이 SNS를 통해 자신을 브랜딩하고 지식을 콘텐츠 화해서 팔고 있다.

얼마 전 인스타에서 스노 폭스 김승호 회장님과 ㈜신사임당 주언규 님,《역행자》저자 자청, 이렇게 세 분이 함께 모여 촬영한 '쓰리샷'을 보고 환호성을 지른 적이 있다. 세 분 다 내가 좋아하는 분들인데, 각자의 분야에서 책을 썼다는 공통점이 있다. 결국, 브랜딩의 정점은 '책을 쓰는 것'이다. 글과 영상으로 인기를 끌더라도 거기다 책을 낸 저자라고 하면 전문가 반열에 오를 수 있다.

내가 좋아하는 사람 중 '글 쓰는 알리사'님이 있다. 이분은

2022년 5월부터 인스타를 시작했는데, 급 팔로워 수가 늘어서 벌써 약 5만 명이다. 직장 다닐 때 경험한 괴롭힘과 가스라이팅에 대한 이야기를 시작으로, '나다움'에 대한 편견과 자기계발, 동기부여로 확장해서 브랜딩 했다. 그리고 그것으로 수익화 하는데 성공했다.

인스타에 많은 개인들이 브랜딩을 해서 돈을 벌고 있다. 그들은 책을 읽는 것에 그치지 않고, 내 생각과 인사이트를 기록하고 요점 정리해서 콘텐츠로 만들어 팬들을 만든다. 그저 소비하는 것이 아닌 생산자의 삶을 사는 것이다.

블로그에 자신이 아는 것을 정리해서 업로드하기만 했는데도 인플루언서가 되어 광고료와 함께 블로그 강의로 돈을 버는 사람들도 있다. 자신이 다녀온 여행지를 기록하거나, 호텔과 맛집을 소개하거나, 내가 산 제품들을 리뷰해도 돈을 벌 수 있다.

처음에는 무료로 전자책이나 정보 소책자 등을 나눠주고 사람들을 모은 후, 일대일 컨설팅이나 강의로 확장하기도 한다. 꼭 대단한 무언가를 알려줘야 하는 것은 아니다. 초보자가 왕초보를 대상으로 정리한 글만으로도 충분하다. 사람들마다 각자의 상황과 위치가 있고, 그 위치에서의 문제를 해결하고 싶어 한다. 그 문제를 해결해 주면 된다.

첫째아이가 학교에서 하는 행사 중에 '영화 감상'이 있는데 당첨이 되어 〈아바타 3〉를 보러갔다. 영화를 다 본 후, 아이가 "엄마 근데, 아바타는 내 몸이 아니라, 나를 대신하는 캐릭터인 분신(分身) 같은 거 맞지?"라고 물었다.

문득 내가 분신술을 쓸 줄 알아서 여러 개의 몸을 만들어서 일을 하면 진짜 돈을 많이 벌 수 있을 것 같다는 생각이 들었다. 몸을 만들 수 없으니 방법은 온라인으로 분신술을 만드는 것이다. 나대신 수익을 창출할 수 있는 아바타.

대부분의 사람들이 근로소득으로 살아간다. 의사든, 대기업 임원 같은 전문직업이라고 하더라도, 일을 하지 않으면 수익이 들어오지 않는 근로소득인건 마찬가지다. 내가 일을 해야 돈이 들어오고, 아파서 일을 하지 않으면 수입도 멈춘다. 내가 일을 하지 않아도 돈이 들어오는 시스템을 만들어야 한다.

요즘 로봇 카페, 무인 카페가 유행하고 있다. 일반 카페는 내가 직접 일을 하거나 급여를 주고 사람을 써야 하는데, 로봇 카페는 24시간 멈추지 않고 커피를 만들 수 있고, 수입을 창출할 수 있다. 이것이 바로 아바타 소득인 셈이다.

내가 일하는 병원 근처에 '대박'난 국밥집이 있다. 늘 손님들이 넘쳐나지만, 사장님이 아파서 문을 닫으면 수입은 제로가 된다. 그러면 누가 돈을 벌까? 바로 상가건물 주인이다. 건물주는 일을 하지 않아도 매달 수입이 들어온다. 어릴 때부터 인연을 이어온 매점 할머니는 어릴 때 소아마비를 앓아서 늘 앉아서 생활하시는데, 건물을 하나 소유하고 있어서 일하지 않아도 매달 돈이 들어온다. 일을 하지 않아도 생활이 가능한 것이다.

부동산을 가지지 않아도, 자신의 이야기를 하는 것만으로 돈이 된다. 대단히 성공한 사람이 아니더라도 그저 진솔한 내 스토리를 릴리스한 영상이나 글로 쓰기만 해도 사람들의 공감을 얻고, '좋아요'와 '팔로워'를 늘릴 수 있다. 팔로워 수가 많지 않아도 찐한 소통을 통해 찐 팬을 만들면 수익화가 가능하다. 내가 좋아서 한 일이, 그저 내 이야기를 쓰기만 했는데도 돈이 된다면 해야 할까, 정말 열심히 해야 할까?

나는 매일 글을 쓰고 있다. 원래 작가가 꿈이었던 나는 늘 '책 한 권 써야지.' 하고 말만 하다가 진짜로 책을 내게 되었다. 그저 매일 한 꼭지의 글을 썼을 뿐인데 10주 만에 책이 완성되었다. 꼭 종이책이 아니더라도 내 노하우를 정리해서 PDF 파일이나 전자책을 만들어 판매할 수도 있다. 평범한 개인도 성공할 수 있는 길이 무수히 열려있다.

이제 눈을 크게 뜨고 주변을 돌아보자. 그리고 나와의 대화를 해보자. 나는 무엇을 잘하는가? 무슨 일을 할 때 가장 즐겁고 행복한가? 본업이 있다면 사이드 잡(job)으로 시작해도 좋다. 내 지식을 정리해서 PPT나 한글파일에 정리하는 것만으로도 돈이 된다는 것을 잊지 말자. 지식이 돈이 되는 시대에 먼저 행동하는 자가 부자가 된다.

수익 파이프라인을
구축하라

~~~~~~

"단군 이래 돈 벌기 가장 좋은 때다."

유명 유튜버 ㈜신사임당 님의 말이다. 코로나19로 온라인 시대가 10년은 더 빨라진 지금. 온라인으로 먹고 살 수 있는 길이 여기저기에 열려있다. 특히 대기업들에게나 가던 기회가 개개인에게까지 닿아 지금은 '1인기업 전성시대'다. 누구나 부 캐릭터를 만들고, 부업을 하고, 사업을 할 수 있다.

맞벌이는 당연하다. 일하지 않는 엄마 또한 각자의 사정이 있겠지만, 고금리에 하늘 높은 줄 모르고 치솟은 물가와 엄청나게 빠른 변화의 물결 속에서 일하는 엄마들이 낯설지 않다. 물론 '엄마의 역할'이라는 것이 있다 보니, 일을 하다가도 아이가 아프거나 일이 생기면 '내가 일을 해서 이렇게 된 건가?' 하는 자책감과 괴로움이 밀려온다. 이른 출근을 해야 하다 보니 아이들을 닦달하게 되고, 아이는 하교해도 학원을 돌면서 집에 들어가지도 못한다. 엄마와 떨어지기 싫어 붙잡는 아이의 손을 매정하게 떼어내고 어린이집에 보내는 엄마의 마음은 어떠할까? 하루 종일 회사에서 시달리다가 집에 들어와 바로 눕고 싶은 마음을 겨우 달래가며, 저녁밥 준비에 아이들 숙제 확인, 씻기기, 재우기까지 하고 나면 기절하지 않는 것이 다행이다.

하지만 이런 생활이 영원히 지속되지는 않는다. 아이들도 크고, 아이들 스스로 할 수 있는 것들이 늘어나면서 엄마의 역할은 자연스럽게 줄어든다. 이때, 제2의 소득 파이프라인을 준비해야 한다. 직장생활도 물론 중요하다. 직장 일이 내가 좋아하고, 하고 싶은 일이라면 금상첨화다. 그 분야에 전문가가 되면 내 몸값도 자연스럽게 올라간다.

다만, 빠르게 변화되는 세상 속에서 '영원한 것'은 없기에 미리 준비가 필요하다. 예전 같은 평생직장은 이제 없다. 직장에 올인 하는 것이 아니라, 내게 투자해야 한다. 미래경제를 공부하고, 발 빠르게 수익 파이프라인을 늘려나가야 한다.

사실 나는 예전부터 부업에 관심이 많아서 이것저것 네트워크 사업을 알아보고, 친구를 믿고 투자도 많이 해봤다. 그때마다 번번이 돈만 날렸다. 그러다 보니 '역시 투자는 절대 돈이 되지 않는 알이야.'라고 생각하며 포기했다. 직장 외에 다른 곳에 에너지를 쓰는 것은 효율적이지 못하다고 생각했다. 아마도 제대로 공부도 하지 않고 '남의 말'만 들었기 때문일 것이다.

그저 남들이 좋다고 하면 쪼르르 달려가고, 남들이 오른다고 하면 투자하는 식으로는 절대 부자가 될 수 없다. 꾸준히 공부하고 나 자신이 탄탄해질 때, 그때 나만의 신념으로 투자를 해야 한다. 내 목표는 '직장을 다니면서 꾸준히 들어오는 수입을 기반으로 부동산과 주식 투자로 자산을 늘려가는 것'이다. 욕심을 부리지 않고 경제공부를 하면서 탄탄하게 쌓아가는 것으로 방향을 잡으니 마음이 편안해졌다. 그때부터 부동산과 주식, 네트워크, 보험 공부를 시작했다.

보험은 '치아 사보험' 쪽으로 공부했다. 치과 실장으로 근무하다 보니 환자들이 치아보험을 잘 몰라서 제대로 보장받지 못하는 모습을 보면서 도와주고 싶었다. 보험증서에 말을 어렵게 풀어서 실제로는 뼈 이식을 해야만 받을 수 있거나, 2년이 지나야 100% 받을 수 있다는 사실을 모른 채 가입하는 사람들이 많았다. 그런 분들을 제대로 보장받게 도와주고, 증권분석과 함께 어떤 치아보험이 좋은지에 대해 상담해 주었다. 환자들 중에는 너무 고마워하면서 병원에 간식거리를 사 오기도 하고, 내 손을 붙들고 고맙다며 우시는 분도 있었다. 하마터면 못 받을 뻔했는데 도와줘서 고맙다는 말에 내 눈에도 눈물이 고였다.

그러던 중 한 보험회사 지점장님이 "제 고객들 중에 이렇게 보험 청구까지 도와주시는 병원은 처음이에요."라면서 내게 공부를 더해보면 좋겠다고 권유했다. 다른 보험사들에 비해 어떻게든 보험비용을 지불하지 않으려고 꼬투리 잡는 것도 없고 정직하게 하는 것 같아 마음이 움직였다. 그렇게 치아보험뿐만 아니라 보험설계 공부까지 확장했고, 보험설계사 자격증까지 땄다. 이 자격으로 환자들이 좀 더 제대로 된 보장을 받을 수 있게 도와줄 수 있었다. 이 마음이 그대로 전달되었는지, 부업으로 시작했던 일로 매달 인세처럼 100만 원 가량씩 통장에 들어온다.

또 하나는 뷰티 네트워크 사업이다. 제품이 너무 좋아서 시작한 사업인데, 바뀐 내 얼굴을 사람들이 궁금해 하면서 자연스럽게 매출이 올랐다. 본업이 있다 보니 활발하게 활동을 하고 있지 못함에도 불구하고, 워낙 제품력이 우수하다보니 꾸준히 30~100만 원가량 들어온다. 무엇보다 내가 변했다. 내 피부는 워낙 극 건성이라 겨울마다 건조했는데, 이제 손도 트지 않고, 얼굴이 빨개지는 것도 좋아졌다. 피부에서 빛이 나고 생기가 도니, 주변에서 무슨 좋은 일이 있냐고 묻기도 했다. 적극적으로 하고 있지는 않지만 제품은 평생 쓰고 싶다.

시아주버님의 권유로 부동산 공부도 계속하고 있다. 본격적인 수익 창출은 못하고 있지만, 조금씩 투자 연습을 하고 있다. 지금의 시행착오가 모두 자산이 될 것이라고 생각한다.

수익 파이프라인을 늘릴 때 직장은 그대로 두어야 한다. 직장 생활로 얻은 수입이 탄탄하게 받쳐줄 때, 어떤 도전을 해도 흔들리지 않을 수 있다. 매달 들어오는 돈이 일정치 않으면, 자꾸만 마음이 조급해지거나 결국 포기하게 된다. 당연히 하고 싶은 일에 집중하기 어려워진다. 이런 일들이 생기지 않기 위해서라도 직장은 그대로 둔 채 파이프라인을 하나씩 늘려가야 한다.

신기하게도 내가 고정소득 외 제2, 제3의 월급을 만들고 나니 직장생활에도 변화가 왔다. 이전에는 월급 10~20만 원에 전전긍긍하며 조금이라도 많이 주는 곳으로 옮겼고, 장을 볼 때도 500원 더 싼 것을 구입하기 위해 30분을 더 걸어가기도 했다. 오롯이 직장에 집중할 수가 없어 이것저것 알아보다가 포기하기도 일쑤였다. 그랬던 내가 탄탄하게 파이프라인을 하나씩 만들어나가면서 마음에 여유가 생겼다. 언젠가 일을 그만둬야 할지 모른다는 불안감도 서서히 녹아내려갔다.

매달 하기 싫어도 월급봉투 때문에 억지로 다녔던 내가 일 자체가 재미있어지기 시작했다. 치아보험 보장분석부터 병원 진료 연결까지 돕다 보니, 소문이 나서 환자도 늘었다. 이런 내 능력을 인정받아 월급도 올랐다. 그래서 더 즐겁고 재미있게 일을 한다. 내가 마음의 여유를 갖고 일을 하니 선순환이 일어난 것이다.

돈이 전부는 아니다. 하지만, 돈이 없으면 육아도, 가정도 모두 불편하다. 이 불편함을 해소하기 위해 수익 파이프라인을 다 각화하자. 처음에는 가장 중심이 되는 일부터 먼저 제대로 쌓아 놓고, 하나씩 늘려가 보자. 미래를 준비하는 자가 결국 미래를 갖게 된다.

나는 퇴사가 두렵지 않다. 경험을 차곡차곡 쌓아 나눌 생각에 즐겁다.

새는 지출을
잡아라

～～～～～～～～～～～～～～～～～～

    수입을 늘리는 것도 중요하지만, 새는 지출을 잡는 것이 더 중요하다. 내 수입은 한정적인데 매달 숨만 쉬어도 나가는 고정 지출이 많다면, 이것부터 먼저 잡아야 돈을 모을 수 있다. 그런데 많은 사람들이 내가 쓰는 돈을 생각하지 않고 수입을 늘리는데 집중한다.

    사이드잡(job)을 꿈꾸며 부동산, 주식 공부를 하는 사람들도 있고, 스마트 스토어, 지식창업, 유튜브 등을 위한 공부도 한다. 물론 사이드 잡(job)으로 내 파이프라인을 늘리는 것도 중요하다. 앞으로는 평생직장은 사라지고, 빠르게 변하는 사회를 읽고 흐름에 타는 사람만이 지속적으로 돈을 벌 수 있다. 이를 위해 미리 대비하고 공부하며, 앞으로 나는 무엇을 할 것인지 끊임없이 고민하고 탐색해야 한다.

하지만 그전에 내가 어디에 주로 돈을 쓰는지, 매달 어디에 돈이 나가는지, 고정 지출을 먼저 체크해 보아야 한다. 보험료, 전기세, 수도세, 관리비, 아이들 학원비, 등록금, 휴대폰 사용료, 비데 관리비, 공기청정기 관리비, 인터넷 요금, 대출 이자, 계모임 비용 등 매달 나가는 고정 지출을 하나하나 엑셀이나 노트에 기록해 보자. 쓰다 보면 깜짝 놀랄 것이다. '이렇게 많이 나간다고?' 하면서 말이다. 월급이 들어와도 곧장 통장을 스치고 지나가는 이유가 바로 이 고정지출 때문이다. 고정 지출에서 분명 줄일 수 있는 것들이 있다. 찾아보자.

나는 이를 꽉 물고 자는 습관이 있는데 치아와 턱에 안 좋은 영향을 미쳐서 6개월마다 보톡스를 맞는다. 이 또한 고정 비용에 속한다. 일을 하다 보니 일주일에 2~3번은 외식을 하고, 철마다 가족들 옷 구매, 매일 한 잔의 커피, 액세서리 구매까지 내게는 모두 고정 지출이다. 매달 사는 비용이기 때문이다. 각자 고정 지출은 모두 다르다. 그 모든 것들을 다 체크해보자. 분명 줄일 수 있는 것들이 있을 것이다. 고정 지출 중에 특히 보험료도 꼭 체크하자. 수입 중에서 보험료가 20% 이상이라면 점검을 받아볼 필요가 있다. 꼭 필요한 만큼의 보험만 넣고 나머지는 현금화해야 한다.

고정지출 외에, 충동적으로 지출하는 방앗간 지출을 잡아야 한다. 참새가 방앗간을 보면 못 지나치듯이 생각지도 못한 지출을 하는 경우를 '방앗간 지출'이라고 한다. 카드 내역서를 들여다보면 내가 자주 쓰는 금액이 보일 것이다.

우리가족은 빵을 좋아해서 빵 값으로 한 달에 15만 원 정도 쓰고 있다. 아침에 간단하게 식사를 하기 위해 토스트를 먹기도 하다 보니 빵 값이 더 나왔다. 어찌 보면 고정 지출이기도 한데, 어떤 날은 밥을 먹기도 하면서 들쑥날쑥해서 방앗간 지출로 분류했다.

빵은 건강하지 않으니 시리얼과 미숫가루와 병행해서 먹는 것으로 하고, 빵 값을 줄이기로 계획을 세웠다. 직장에서 집에 가는 길에 빵집이 있는데, 그쪽을 지나가면 자꾸만 들리게 되니 조금 멀더라도 돌아갔다. 그렇게 하니 빵 값을 7만 원대로 줄일 수 있었다.

내가 참새처럼 지나가는 방앗간마다 지출을 하고 있다면 체크해보고, 어떻게 하면 줄일 수 있는지 고민해 보자. 나처럼 극단적이더라도 그 장소를 피해가는 것도 하나의 방법이다.

내 고정 수익도 분석하자. 남편 급여, 내 급여는 고정 수익이다. 그 외 강의료, 뷰티사업으로 인한 수당, 중고거래 수익, 자잘한 파이프라인 부업 수익은 모두 변동 수익이다. 우선 고정 수익으로 모든 지출과 적금을 분류하고, 변동 수익은 부동산, 주식 등 자산을 불리는데 투자한다. 이렇게 분석하고 기록하는 것만으로도 돈 관리의 반은 완성된 것이다.

가족 여행을 갔다가 스티커 사진을 찍고 나오는 길에 인형 뽑기 게임하는 곳이 있었다. 평상시엔 무심코 지나갔던 곳인데, 아이들이 호기심도 보이고 기분도 좋고 해서 돈을 넣었다. 3번 정도 했을까? 계속해서 실패하고 돈만 버리는 상황에 이제 그만하고 가자고 했더니, 아이가 "천 원밖에 안 하는데, 또 할래요." 하는 것이 아닌가? 순간 망치로 머리를 맞은 것 같이 '띵~'했다. 내가 아이 경제관념을 이렇게 흩트리고 있었구나 하는 생각이 들었다. 한 게임에 천 원이지만, 이미 10번을 했고 만 원을 쓴 상황이었다. 모이면 엄청난 돈이 된다는 사실을 아이는 알지 못했던 것이다.

국민들이 많이 찾는 다이소 매장을 만든 박정부 회장은 《천 원을 경영하라》는 책에서 "천 원을 경영해야 3조를 경영할 수 있다."라고 말했다. 3억도 아닌 3조, 천 원은 적은 돈일 수도 있지만, 정말 큰돈이 될 수도 있다. 천 원을 우습게 여기는 사람은 절대로 부자가 될 수 없다.

누구나 마음속에 부자가 되고 싶은 꿈이 있을 것이다. 그 꿈을 이루기 위해서는 구체적인 목표를 세워야 한다. 그래야 실천할 수 있다. 새는 지출을 막고, 천 원이라는 작은 씨앗을 정성스럽게 모으고 곳간을 채우면, 다음에 더 많은 씨앗을 뿌릴 수 있으며 결국 큰 수확을 가져다줄 것이다.

시어머님이 방학이라 아이들 밥을 해주시기 위해 오셨다. 핑계일지도 모르겠지만, 일과 육아를 동시에 하느라 요리에는 젬병인 나는 시어머님 덕을 톡톡히 보고 있다. 늘 맛있는 음식을 해주시던 어머님이 "오늘은 냉장고 파먹는 날이다."라며 냉장고 안의 오래된 재료들을 꺼내셨다. 워낙 요리에 관심이 없다 보니 무슨 말인지 몰라서 물어보았더니, 냉장고 안에 돌아다니는 재료들을 여러 가지 방법으로 조합해서 소진할 때까지 마트를 가지 않는 것이라고 설명해 주셨다.

정말 현명한 지혜이다. 나는 한 가지 재료로 한 가지 음식만 할 줄 아는데. 주부 9단은 뭔가 달라도 한참 다르구나 싶었다. 돈 관리도 이와 같다. 무작정 장을 보는 것이 아니라, 지금 냉장고에 뭐가 있는지 정확히 파악하고, 필요한 것만 구입해야 한다. 자신의 소비를 현명하게 통제하고, 정말 필요한 소비가 어떤 것인지 구분할 수 있는 분별력이 필요하다. 이는 나 자신의 삶도 통제할 수 있도록 도와준다.

내 지출을 분석해 보자. 그리고 줄일 수 있는 것들을 파악하고 과감하게 지출 다이어트를 하자. 줄인 금액만큼 내 자산은 배로 늘어날 것이다.

제5장

엄마의 시간 관리 :
'미라클 나이트'의 힘

Mom's Independence

꼭 '미라클 모닝'을
해야 하나요?

'미라클 모닝'. 많은 사람들의 꿈이자, '자기계발' 하면 떠오르는 대명사이기도 하다. 자기계발 좀 한다고 하는 이에게 미라클 모닝은 당연한 것이 되었다. 내게는 정말 힘들고도 머나먼 이야기이다.

처음 자기계발을 하기 위해 책을 펼쳐들고 강의 준비를 하고, 강사활동을 하면서 미라클 모닝을 하기 위해 엄청난 노력을 했다. 강사들과 함께 새벽 5시에 서로 깨우기 미션도 해보고, 피나는 노력으로 시계를 맞춰놓고 일어나 보았지만, 그런 날은 하루 종일 머리가 띵하고 졸렸다. 새벽에 일어나서도 너무 졸려서 계획했던 일을 제대로 하지 못했다. 작심삼일을 여러 번 하면 한 달이 되고, 3달이 되어 습관이 된다고 하는데, 나는 정말 3일로 딱

끝나버렸다. 그런 나를 스스로 타박하고 못난 놈이라고 한탄했지만, 지금은 내 루틴을 완전히 찾았다.

꼭 미라클 모닝을 해야만 자기계발을 잘하는 것이 아니다. 사람마다 바이오리듬이 다르기 때문이다. 나처럼 모두가 잠드는 밤에 머리가 팽팽 잘 돌아가는 사람이 있는 반면, 새벽에 더 집중이 잘 되는 사람이 있는 것이다. 나는 미라클 모닝 대신 '미라클 나이트'를 택했다.

원래 예전의 나의 하루 계획에는 대게 '야간의 딴 짓'이 포함되어 있었다. 모든 일을 낮에 다 끝내고 모두가 잠든 밤 보고 싶었던 드라마 몰아보기, 영화 보기, 웃긴 유머나 개그 프로그램 보기를 하며 힐링하곤 했다. 10대 시절부터 이어져온 나의 나이트 '소확행'은 성인이 되어서도 이어졌다. 심야시간은 하루 동안 고생한 내게 주는 작은 선물과도 같았다. 과일이나 오징어를 안주 삼아 맥주를 홀짝이는 혼자만의 고요한 시간이 너무 행복했다.

특히 시름시름 앓듯이 떨어지는 체력이 아이들이 잠들자마자 갑자기 되살아나는 걸 보면, 내가 늑대인간 같기도 하다. 밤 11시가 넘어가면 나는 말똥말똥한 눈으로 이불에서 나와 서재로 향했다. 컴퓨터를 켜고 모니터 화면에 빛이 돌면, 내 세상으로 들어가는 것 같은 기운이 몸속에 쫙 퍼져나갔다.

먼저 매일 미션처럼 쓰는 책 쓰기. 내 책을 쓰기 위해 하루 한 꼭지씩 쓴다. 쓰다 보면 자료조사를 위해 검색을 하기도 하고, 발

췌 독서를 하기도 한다. 그 속에서 찾은 사례를 내 책 속에 넣고 글을 마무리한 다음, 아까 읽던 책을 마저 읽는다. 감명 깊었던 부분이나 배워서 적용하고 싶은 부분은 줄을 긋고, 아이디어를 메모하여 바로 콘텐츠 제작에 들어간다. 인스타, 블로그에 글을 쓰면서 내 흔적을 남긴다. 이 흔적들이 모이면 나를 브랜딩 하는 발자취가 될 것이라 생각한다.

그렇게 하다 보면 2~3시간이 후딱 흘러간다. 남은 1시간은 강의 자료를 만드는데 쓴다. '치과임상의 신'이라고 한때 불리며 승승장구하다가 잠시 놓았던 강의를 다시 열었다. 그동안 내가 쌓아온 노하우를 정리하고 나눌 때 내 행복은 배가 된다. 그렇게 초집중 모드로 일을 하다 보면 어느덧 시간은 새벽 2시로 접어든다. 컴퓨터를 끄고 자리에 눕는다. 기상시간은 7시로 고정되어 있어, 평일에는 5시간밖에 못 자는 대신 주말에 몰아자기도 한다. 그래도 여전히 나의 소중한 밤 시간은 보장받기에 행복하다.

꼭 미라클 모닝이 정답은 아니다. 20대 전후의 청년들은 수면호르몬이 늦게 분비되기 때문에 일찍 잠자리에 들기 어렵다. 20대 중후반이 넘어서야 수면호르몬 분비 시간이 정상으로 돌아오기 때문에 이때부터는 미라클 모닝이 가능하다. 다만 바이오리듬이 야간인 사람들도 있기에 이를 감안해야 한다. 만약 밤만 되면 생생해지고 새벽에 힘을 잘 못쓴다면, 축하한다. 나와 같은 '미라클 나이트 파'이다.

내가 게으른 것이 아니다. 좀 더 노력한다고 되는 일이 아니다. 모닝이든 나이트든 내 바이오리듬에 맞는 시간을 찾자. 그리고 그 시간을 주체적으로 활용하자. 그것이 자기 계발의 핵심이다.

부자 되는 습관을 기르는
엄마의 하루

하루는 누구에게나 똑같이 24시간이 주어진다. 이 시간을 어떻게 활용하느냐에 따라 미래가 달라진다. 특히 엄마는 내 일분만 아니라, 육아, 집안일, 아내로서의 일, 며느리로서의 일까지 역할에 따른 일이 분리되어 있다. 여기서 오롯이 내게 투자할 시간을 내기란 쉽지 않다. 통으로 시간을 낼 수 없기에 쪼개서 써야 한다.

나는 오전 8시 30분~저녁 6시까지 치과병원에서 근무를 한다. 근무 외 시간에 육아, 집안일, 자기계발까지 모두 해내야 한다. 근무 중이라고 하더라도 중간 중간 환자가 없는 시간이나 점심시간, 자투리 시간이 남으면 이 시간을 활용한다.

평일 나의 시간을 한번 따라가 보자. 아침 7시에 일어나서 30

분 정도 독서를 한다. 책을 읽고 느낀 점을 간단하게 인스타에 업로드 한다. 7시 30분에 씻은 후 출근 준비를 하고, 아이들을 깨워 간단하게 아침식사를 한다. 8시 20분, 집을 나서 치과로 출근한다. 출근하자마자 아침 업무 준비를 하고, 오늘 할 일에 대한 'to do list'를 작성한다. 점심시간에는 밀린 대학원 공부를 하거나 강의 영상을 듣고, 틈틈이 블로그 검색 및 인스타 친구들과 교류를 한다.

운이 좋게 일찍 마감이 되면, 밀린 업무가 없는 날은 오늘 있었던 주요 이벤트들을 기록한다. 병원 관련 책을 쓸 준비하고 있어서 미리 사례를 모으고 있는데, 아무렇게나 휘갈겨 놓았던 글을 정리하는 것이다. '오늘 이런 환자가 왔는데, 이렇게 응대했다. 어떤 게 좋은 응대였을까?' 등 그 날에 있었던 에피소드를 짧게 기록해둔다.

출퇴근 시간은 10분 정도로 짧지만, 운전하면서 유튜브를 본다. 부동산이나 병원 경영 관련 정보를 주로 본다.

퇴근 후에는 집에 가서 저녁거리를 준비한다. 요리를 하는 중에 아이들과 대화하며 할 일을 체크해서 직접 할 수 있도록 한다. 그러면 내가 음식을 준비하는 동안 아이들은 숙제나 다음날 챙겨가야 할 것들을 미리 해놓는다.

저녁식사 중에는 학교에서 있었던 이야기를 나눈다. 첫째 딸은 학교에서 있었던 이야기를 하면서 어떻게 하는 것이 좋았을지 나에게 의견을 묻는다. 이때 정답을 얘기하지 않고, 어떻게 생각하는지 아이에게 생각을 확장할 수 있도록 돕는다. "소진아. 만약 너라면 이런 상황에서 어떻게 하면 좋을까?"라며 다른 상황에 빗대어 설명하기도 한다.

식사를 마치고 설거지를 할 때는 유튜브로 병원 경영이나 부동산 관련 정보를 찾아서 본다. 10분 정도의 짧은 시간이지만, 이 시간들이 차곡차곡 쌓이면 지식이 된다. 부동산은 '렘군tv'를 보는데, 직장생활로만 살던 분이 부동산투자로 몇 백억 대 자산가가 된 노하우를 나눠준다. 냉장고 화면에 유튜브가 나와서 음악을 들으면서 신나게 청소하기도 한다. 이렇게 매일 자투리 시간을 차곡차곡 모은다. 주로 인풋을 할 때 자투리 시간을 활용한다.

이제 하루 종일 모은 인풋을 토대로 아웃풋 할 시간이다. 밤 시간이다. 아웃풋을 할 때는 집중할 수 있는 시간이 필요하다. 나는 요즘 핫한 미라클 모닝을 하는 사람은 아니다. 처음에는 미라클 모닝을 해보겠다고 새벽에 알람을 맞춰놓고 시도했지만, 하루, 이틀은 성공해도 꼭 3일째에 못 일어난다. 작심삼일이다. 작심삼일을 여러 번 하면 성공할 것이라고 생각하고 계속 시도했다가 실패한 게 여러 번. 그렇게 시행착오를 거쳐 나만의 시간을 찾았다. 바로 밤 시간이다.

나의 경우, 가족들이 모두 잠든 시간인 밤 10시부터 새벽 1시까지에 가장 집중이 잘 된다. 이 시간에 책을 쓰고, 책을 읽고, 논문을 보고, 강의안을 만들고, 부동산 공부를 한다. 낮에 만든 자투리 시간에 공부하는 것은 금세 날아간다. 그래서 밤에 노트를 펴고 메모를 하면서 집중 공부를 한다. 그러면 훨씬 기억에 잘 남는다.

모두가 잠든 밤에는 고요하고 적막해서 나 혼자 있는 것 같은 기분이 든다. 그때 내려 마시는 커피는 마치 내가 지금 에티오피아에 있는 것 같은 기분을 느끼게 한다. 밤에도 시간을 쪼개서 쓴다. 30분 단위로 책을 읽는 시간, 쓰는 시간, 공부하는 시간으로 잘라서 나누면 금세 시간이 간다. 이런 작은 10분들이 1시간으로 채워지면서 나를 또 성장하게 한다.

틈새 시간과 함께 내가 중요하게 생각하는 게 '꾸준함'이다. '물방울이 바위를 뚫을 수 있는 것은 힘 때문이 아니라 꾸준함 때문이다.'라는 문구는 내가 좋아하는 말이다. 《월급쟁이 부자로 은퇴하라》의 저자 너나위 님도 직장을 다니면서 매일 꾸준히 공부하고, 주말에는 임장을 다니면서 실력을 키웠다고 한다. 꾸준함은 바위도 뚫고, 부자도 만든다.

내가 존경하는 사람 중에 오스템 임플란트 지점장님이 있다. 내가 4년차 때 처음 뵈었는데, 항상 꾸준히 그 자리에서 묵묵히 자기 일을 하고 있었다. 나는 저 연차 때 병원을 여러 군데 옮겨 다녔는데 갈 때마다 마주쳤다. 그때마다 그 분은 늘 웃음을 잃지 않으셨다. 다른 직원들은 여러 번 바뀔 때 끈기 있게 임하신 결과, 경북지점 지점장을 거쳐, 오스템 부산본점 본부장으로 승진해서 현재는 부산에 계신다. 자신의 시그니처 문구가 '끈기를 이길 수 있는 재능은 없다.'일 정도로 지점장님은 자신의 신념을 삶으로 증명하셨다.

그 분의 신념이 너무 멋져서 나 또한 나만의 신념을 하나의 문구로 만들고 싶었다. 그때부터 좋은 문구나 마음에 치유가 되는 명언들이 있으면 캡쳐 해서 휴대폰 바탕화면에 깔아두고 자주 본다. 어느 정도 익숙해지면 다른 문구로 바꾸면서 내 것으로 만들려고 노력했다. 그렇게 하다 보니 순간순간 필요한 명언이나 좋은 글귀가 튀어나온다. 그리고 모은 글귀들을 내 식으로 풀어내니 온전히 내 것이 되었다. 그렇게 글 잘 쓰는 작가가 되고 싶었는데 늘 횡성수설하며 글의 방향을 잡지 못하던 내가, 조각조각의 노력들을 모아 결과물을 만들어낸 것이다.

모든 일이 그렇듯, 진척이 없거나 속도가 나지 않으면 지쳐버리곤 한다. 이때 조급함을 내려놓고 본인의 속도에 맞춰서 차근차근 나아가자. 그러다 보면 어느 순간 '퀀텀 점프'하는 순간이 올 것이다. 오늘도 엄마는 자신만의 시간을 보내며 하루를 완성한다.

아침 10분의 기적,
10분으로 나를 브랜딩한다

나는 '미라클 나이트 파'이기 때문에 늦게 잠이 든다. 그러다 보니 아침에 일찍 일어나기 힘들어 7시에 일어난다. 7시도 이른 아침이긴 하지만, 워킹 맘인 나는 아이들 아침준비와 출근준비로 바쁘다.

내게 주어진 자투리시간은 단, 10분. 나는 이 10분 동안 독서를 한다. 처음에는 '10분으로 뭘 하겠어?'라고 생각했지만, 이 10분이 모여 일주일이면 1시간 10분이고, 한 달이면 4시간 40분이 된다. 보통 책 한 권을 집중해서 읽는데 3시간 정도 걸리므로, 한 달이면 약 2권의 책을 읽을 수 있다. 그저 하루에 10분만 읽었을 뿐인데 말이다.

'나는 책을 읽을 시간이 없어. 너무 바빠.'라고 생각하며 10분을 무시했다면, 한 달에 2권은커녕 1년이 지나도 책 한 권 못 읽을 것이다. 밤에 아웃풋을 하는 시간으로 정한 나는, 아침에 일어난 순간부터 저녁까지는 오직 인풋에 집중한다. 책을 읽고, 뉴스를 보고, 부동산 기사와 강의를 듣는다. 이중 가장 머리가 팽팽 돌아가는 아침 7시에 읽는 10분은 점심 식사 후 나른한 상태에서 읽는 것보다 훨씬 효과적이다. 같은 10분이라도 읽는 속도와 양이 다르다. 가끔 너무 바쁠 때는 5분이라도 읽는다. 이제는 습관이 되어버려서 읽지 않으면 허전한 기분이 든다.

현재 나는 인스타에 '글 쓰는 엄마, @kang_jjakka'로 활동을 하고 있다 매일 아침 읽은 책을 타임스탬프 앱을 사용해서 찍고, 인스타에 짧은 감상과 함께 업로드 한다. 그리고 독서모임 단톡방에 공유하며 동기부여를 한다. 그저 내 감상을 쓸 곳이 없어 인스타에 기록용으로 올렸을 뿐인데, 점차 팔로워가 생기고 소통하면서 좋은 사람들이 늘어났다. 나와 결이 맞는 사람들과 소통하는 일은 정말 행복하고 즐거운 일이다.

꽃을 키우는 친구도, 자동차를 정비하는 친구도, 브랜딩 마케팅에 관심 있는 친구도, 글을 쓰는 친구도 모두 책을 좋아해서 나와 소통을 했다. 가끔 하루 10분 독서를 실천하는 게 쉽지 않아서 포기하려다가도 내 피드를 보고 다시 마음을 다잡는다는 DM을 보내는 친구들도 있다. 그때마다 '내가 잘하고 있구나.'라는 생각에 힘이 난다.

나도 사람인지라 가끔은 건너뛰고 싶을 때도 있고, 좀 더 자고 싶을 때가 있다. 하지만 그 10분을 더 잔다고 세상이 바뀌지는 않기에. 스스로를 독려해서 일어난다. 10분 더 자는 것보다 10분 독서가 훨씬 더 내 삶에 활력을 준다는 사실을 잘 알고 있기에 나는 오늘도, 내일도 일어난다.

매일 기록하는 습관은 굉장한 힘을 갖고 있다. 예전에 한 병원 원장님이 카지노 도박으로 돈을 탕진하는 바람에 월급도 안 주고 도망을 가서 노동청에 고소한 적이 있는데, 직원 중에 한 선생님이 원장님이 월급을 띄엄띄엄 10만 원씩 덜 줬던 사실을 그때마다 짧게 기록을 해놓았다. 막약에 그 기록이 없었다면 밀린 월급을 받지 못했을지도 모른다.

"아마 한 5달쯤? 4달인가? 언젠가부터 급여를 미루고, 덜 주셨어요."라고 말하는 것보다 기록을 해놓는 게 훨씬 효과적이다. 그 직원 덕분에 우리는 모두 밀린 월급을 받을 수 있었다.

매일 10분 확언을 하며 생생하게 내 미래 모습을 상상해서 실제로 이룬 사람, 매일 10분 운동을 통해 근육을 만들고 몸매를 가꾼 사람, 10분 콘텐츠 제작, 릴스 제작으로 자신을 브랜딩 하는 사람 등. 10분은 생각보다 많은 것을 할 수 있다.

하루 10분만 나를 위해 투자하자. 짧지만 모이면 긴 이 시간은 나를 더 단단하게 만들어 줄 것이다.

매일 50분 운동으로
체력 키우기

~~~~~~

오랜만에 만난 친구. 분명 예전에는 얼굴이 가무잡잡하고 누렇게 뜬 친구였는데, 얼굴이 맑아지고 반들반들해져서 나타났다. 도대체 얼굴에 무슨 짓을 한 것이냐며 닦달했더니, "화장품 바꿨어."라고 했다. 얼른 나도 친구가 쓰는 화장품으로 바꿔서 쓰기 시작했다. 처음 얼마간은 광이 나고 윤기가 좔좔 흘렀다. 그런데 어느 순간부터 점점 더 시커멓게 변하면서 누렇게 둥둥 뜨는 것이었다.

나는 그저 '나한테는 안 맞나 봐.'라고만 생각하면서 그러려니 하고 있었다. 그러다가 코로나를 심하게 앓고 기침이 지속되는 후유증으로 폐 사진을 찍으러 병원에 갔다가 충격적인 결과를 듣게 됐다. 갑작스레 살이 15kg이 찌면서 지방간이 생겼고 간

수치가 너무 안 좋다는 것이다. 이대로 가다가는 더 큰 질환으로 번질 수 있다는 말에 약과 함께 몸에 좋다는 건강식품을 마구 사들였다. 헛개차가 좋다고 해서 잔뜩 쟁여두기도 했다.

살을 빼야 지방간도 좋아지기에 이대로는 안 되겠다 싶어서 1년 전에 끊어 놓았던 플라잉 요가를 다시 나가기 시작했다. 그런데 결심은 했지만 요가 학원까지 나가는 그 과정이 너무 힘들었다. 월, 수, 금 50분 수업인데, 일마치고 집에 가서 아이들 저녁을 챙겨주고, 정리 좀 하고나면 금세 운동할 시간이 되었다. 바로 나가면 되는데 '잠깐 쉬었다 가야지.' 하고 누워 있다가 깜빡 잠이 들기도 하고, 귀찮아서 스스로 핑계를 대며 안 가기도 했다. 점점 빠지는 횟수가 늘어나기 시작하면서 한 달을 꼬박 안 나간 적도 있다.

이러다가는 안 되겠다 싶어서 줌(ZOOM)을 활용해서 병원 동료나 아이들과 함께 음악을 틀어놓고 운동을 했다. 혼자 하는 게 아닌 데다 어딘가로 이동하지 않아도 되니, 일주일에 3번 운동하는 습관이 조금씩 자리 잡히기 시작했다. 지금은 알아서 그 시간만 되면 아이들이 먼저 컴퓨터 줌 화면을 켜고 자세를 잡는다. 아이들에게도 그 시간은 하나의 놀이가 되었다.

엄마가 하루 50분의 시간을 내기란 쉽지 않다. 아이가 어릴수록 특히 더 그렇다. 이럴 때는 아이와 함께 운동할 수 있는 것으로 골라보자. 요즘은 홈 트레이닝이 워낙 잘 되어있어 집에서도 충분히 가능하다. 빅씨스 님이나 에일린 요가, 요가 소년의 영상을 주로 보며 따라 하는데, 특히 빅씨스 님의 운동은 짧지만 강력해서 효과적이라 자주 활용한다.

뭐든 건강할 때 의미가 있다. 돈이 아무리 많아도 몸이 아프면 그 돈으로 누릴 수 있는 것들을 모두 누리지 못한다. 자기계발서 《부의 추월차선》에서 말하는 '휠체어 타는 부자'는 되고 싶지 않기에 건강한 지금 더욱 건강을 챙긴다. 책을 쓰려면 엉덩이 근육에 힘을 길러야하고, 서서 일하려면 다리에 힘을 길러야 한다.

얼마 전에 유튜브를 보다가 알 수 없는 알고리즘으로 우연히 클릭한 영상이 내 시선을 빼앗았다. 유명한 트로트 가수 '정미애'가 설암으로 수술을 했다는 것이다. 설암은 혀에 생기는 암으로 1/3가량을 절제했다고 한다. 혀가 없으니 식사를 하거나 말을 하는 게 쉽지 않을 것이다. 개인적으로 '다둥이' 엄마로서 육아하는 모습이 인상 깊었고, 육아를 하면서도 자기가 원하는 목표를 향해 열심히 달려 가수가 된 모습에 감명을 받았던 터라 나는 함께 속상해했다. 지금은 수술을 안전히 마치고. 매일 건강을 챙기면서 "오늘도 즐겁고 행복하게."라며 팬들과 소통하고 있다.

나는 물론 가족을 위해서도 건강을 잘 유지해야 한다. 엄마가 아프면 가정이 무너진다. 엄마가 건강해야 가정도 잘 지킬 수 있다. 건강을 잃기 전에 하루 50분 운동하자. 시간이 안 되면 10분도 좋다. 일주일에 단 한번 50분 운동하는 것보다 하루 10분 매일 하는 게 더 낫다. 무엇보다 '운동하는 시간'을 확보하는 것이 중요하다. 핑계대지 말자. 그 무엇보다 중요한 것은 '건강'이다.

제6장

엄마의 사람 공부 : 결국 관계다

Mom's Independence

주는 사람이
성공한다

~~~~~~

초등학생 때 나는 방학만 되면 늘 경주에 사는 이모집에 가서 지내곤 했다. 이모는 식자재 가게를 운영했다. 어릴 적 기억에 의하면, 시장 내 이층집에서 큰 언니 방 창문으로 내려다보면 이모네 가게가 보였다. 언니들은 공부하고 생활하면서 그렇게 창문을 내려다보며 엄마가 일하는 모습을 지켜봤나 보다.

이모는 종종 이런 말을 했다.

"어릴 적에 다른 사람들은 사탕을 '먹기' 위해 샀지만, 나는 10원에 사서 20원에 '팔기' 위해 샀어."

그때부터 이모는 비상한 장사 소질을 보였는데, 한 푼 두 푼 모은 종자돈으로 장사와 사업을 하면서 딸 셋을 모두 약사, 교사, 사업가로 훌륭하게 키워냈다. 이모는 돈이 많다고 해서 잘난 척

하지 않았다. 그렇게 번 돈을 본인에겐 쓰지 않으면서 가족들에게는 아낌없이 썼다.

초등학생 때 심한 태풍으로 인해 논과 밭, 다리가 모두 잠겨 우리가족은 탈출할 곳도 없을 정도로 심한 수해를 입었다. 그때 이모가 우리를 걱정해서 헬기를 전세 내서 띄우려고 했다. 다행히 헬기를 띄우지 않고도 안전하게 구조될 수 있었지만, 우리가족은 아직도 여전히 이모의 그 따뜻한 마음에 감사하고 있다.

이모는 우리 가족들과 만나면 항상 맛있는 식당에 가서 먼저 계산하고 맛있는 음식을 대접했다. 그때는 그런가 보다 했는데, 내가 커서 보니 그게 쉬운 일이 아니라는 것을 알 수 있었다. 이모는 늘 자신보다 남을 먼저 생각하는 사람이었고, 받는 것보다 주는 게 더 좋은 사람이었다.

'먼저 밥값을 계산하는 이는 돈이 많아서가 아니라, 돈보다 관계를 더 중히 생각하기 때문이며, 늘 나를 도와주려는 이는 빚진 게 있어서 그런 게 아니라, 진정한 친구로 생각하기 때문이다.'라는 말이 있다. 나는 이모에게서 값진 것을 배웠다.

그래서일까? 나 또한 받는 것보다 주는 게 더 즐겁다. '임상의 신' 강사로 활동할 때도 수강생들을 위해 선물을 알차게 준비했다. 칫솔세트부터 간식세트까지 사비로 준비해서 하나하나 포장했다. 이것저것 많이 알려주고 싶어서 교재에 부록까지 다 퍼주었다. 내 진심이 느껴졌을까? 다 퍼준다고 '다 퍼주는 강사 강원주'로도 불리게 되었다.

　치과병원에 다닐 때 같이 일했던 선생님이 있었다. 그분이 무자격자로 시작해서 간호조무사 자격증을 따게 되었는데, 다른 치과에 취직하게 되면서 아무것도 몰라 걱정된다면서 전화를 했다. 마냥 보고만 있을 수 없었다. 그래서 매일 그 분을 위한 강의를 준비해서 교육했다. 그 분만의 교재도 준비해서 드렸다. 그렇게 교육했지만 아무래도 실전을 뛰다 보면 또 궁금한 점이 생기게 마련이다. 입사한 치과병원이 우리 치과병원과 걸어서 3분 거리여서, 도움을 요청하면 그때마다 바로 뛰어가서 도와주곤 했다. 그렇게 그 선생님은 내 교육을 모두 흡수했고, 한 병원의 실장이 되었다.

　내가 주기만 하고 받지는 않을까? 그렇지 않다. 나에게도 지식을 나누는 사람이 있다. 10년 전 문화센터 동기 엄마로 전우애 같은 끈끈함을 가진 친구다. 우연한 기회에 같은 병원에서 근무하다가, 그 병원이 갑작스럽게 폐업하면서 서로 다른 곳에 취업을 하며 헤어졌다. 처음 간호조무사로 시작했던 그 친구는 작년부터 치위생학과에 입학했고, 육아를 하면서 학교를 다니고 있다. 늘 배움의 자세로 임하고, 정책이 바뀌거나 하면 내게 연락해서 "이번에 ㅇㅇㅇ이 바뀐대요! 알고 계셨어요?"라며 정보를 나눈다. 질문이 들어올 때마다 정신을 바짝 차리고 더 열심히 공부하게 되니 내게는 정말 고마운 사람이다.

병원 직원들에게도 내가 아는 것을 모두 나누었다. 덕분에 병원 매뉴얼도 빠르게 만들 수 있었다. 요즘에 "테이커(Taker)보다 기버(giver)가 되어라."라는 말을 많이 한다. 가져가는 사람보다 주는 사람이 더 성공하는 시대다. 내가 먼저 무료로 가진 지식을 정리한 소책자를 뿌린다거나 무료강의를 통해 '나'라는 사람을 인식시켜준다. 사람들은 아직 내가 누구인지 모르기 때문에 선뜻 지갑을 열지 않는다. 그렇기에 먼저 무료로 내 재능을 보여주는 것이다. 내가 가진 것을 먼저 나눌 때, 나에게 관심을 갖고 내 이야기를 들어주고 '찐 팬'이 된다. 이것이 브랜딩의 시작이다.

유명 유튜버나 인플루언서 중에서 자기가 아는 것을 나누면서, 지금의 자리까지 올 수 있었던 실수나 실패 등 과정들을 공유하면서 빠르게 성공할 수 있도록 돕는 사람들이 많다. 누가 내 시간을 내서 지식을 나누려고 할까? 그것만으로도 팬이 생길 수밖에 없다. 성공하고 싶다면 먼저 주자. 당당하되 건방지지 않으며, 겸손하되 자신을 너무 낮추지도 않으며, 교만하지 않고, 나만 잘 살기보다 함께 가치를 나눌 때 더 성장한다는 것을 잊지 말자.

낯선 사람과의 만남은
늘 두렵다

〜〜〜〜〜〜〜〜〜〜〜〜〜〜〜〜〜〜〜〜〜〜〜〜〜

"안녕하세요. 17년 차 직장맘입니다. 엄마도 브랜드가 될 수 있다는 슬로건과 엄마의 재능을 판매하는 마켓이라는 것이 제가 꿈꾸는 것과 잘 맞아서 '마미 꿈'에 들어오게 되었습니다."

우연한 기회에 엄마들의 재능을 판매하는 '마미 꿈' 커뮤니티에 참여하게 되었다. '엄마 키움' 대표로 활동하면서 책도 쓰고, SNS 활동을 하다 보니 커뮤니티 활동은 필수였다. 그전에는 그런 모임은 시간 낭비라고만 생각했는데, 생각보다 열심히 사시는 멋진 엄마들이 많았다. 새벽 기상, 새벽 러닝, 독서, 글쓰기, 독서모임 등 치열하게 자기계발을 하면서 육아까지 하는 모습에 '나는 정말 별것 아니었구나.'라는 생각이 들었다. 지방 작은 소도시에만 살다 보니 이제야 세상에는 나보다 더 열심히 사는 사람들이 많다는 것을 알았다. 전업맘이지만 직장맘들보다 더 치열하게 사는 모습을 보고 정말 많은 반성을 했다.

나는 '털털해 보인다.'는 첫인상을 갖고 있지만 실은 속으로 엄청 떤다. 낯을 심하게 가리지만 티가 나지 않을 뿐이다. 너무 떨려서 그저 웃는 것인데 다른 사람들은 그게 좋아 보였나 보다. 나의 웃음이 낯선 사람들과의 경계를 허물고 친근하게 다가가게 할 수 있었다.

사람과의 관계가 힘든 사람들이 있다. 먼저 말을 걸거나 다가가는 게 어려워서 만남을 피하기도 한다. 다행히 코로나19 이후로 세상의 판도가 바뀌었다. 굳이 오프라인 모임이 아니더라도 온라인으로 모임을 가질 수 있고, 얼굴을 보이기 싫으면 비디오를 OFF 하면 된다. 대화하기 싫으면 음 소거를 하고 채팅창에 글을 쓸 수도 있다. 그래도 충분히 소통이 된다.

새로운 소통의 창이 열리면서 극히 내향성인 사람들의 참여가 늘었다. 퇴근 후 사이드 잡을 꿈꾸는 많은 사람들을 위한 온라인 스터디와 강의가 많아지면서 편안하게 참여하는 것이다. 그동안 말은 못 했지만 글로 모든 것을 표현하다 보니 글쓰기 실력도 늘고 있다. 글쓰기에 관심도 늘었다. '말' 대신 '쓰기'로 소통하는 것이다.

이전에는 굳이 낯선 사람에게 말을 걸 필요가 없었다. 그런 만남 자체를 피할 수도 있었다. 하지만 엄마가 되면서 아이의 교육에 도움이 된다면, 첫 만남의 어색함은 날려버리고 들이대기가 가능해진다. 체육대회에서 처음 보는 엄마와 한 팀이 되어 달리기를 하기도 하고, 공개수업에서 만난 엄마와 우리 아이의 발달에 대한 이야기를 신나게 나누기도 하고, 어느 학원이 좋은지 진지한 토론을 열기도 한다. 이것이 엄마의 힘이 아닌가 싶다.

예전에 직원이 매일 바뀌고 실장이 무섭다는 소문이 나서 블랙리스트에 오른 병원에 입사한 적이 있다. 처음 입사했을 때 실장님들의 첫인상에 눌려 하루하루 두려움과 걱정으로 출근했다. 그런데 시간이 지날수록 오히려 편안하게 대해주는 모습에 마음이 풀어졌다. 그 중 가장 무서운 선생님이 있었는데, 누구에게든지 할 말 다 하는 분이셨다. 어느 날 그 분이 내게 "강실장. 우리 애 옷 너무 예쁜데 한 번밖에 못 입고 작아져서 버릴까 하다가 선생님 아기랑 또래인 것 같아서 말이야. 혹시 가져갈 생각 있어? 내가 깨끗하게 세탁해 놨어."라는 것이 아닌가? 나는 그때 '아. 이 분도 누군가의 엄마구나.'라는 생각에 쌓아놓은 벽이 와르르 허물어졌다. 그때부터 우린 절친한 사이가 될 수 있었다.

모두가 처음은 있다. 처음이 있기에 그 다음이 있는 것이다. 그 처음이 낯설고 두렵지만 마음의 문을 열고 다가간다면 서로 몰랐던 부분을 알 수 있을 것이다.

자존감이
인간관계를 좌우한다

~~~~~~

"너도 이제 아줌마 다 됐다. 몸매가 그게 뭐니. 다른 애들은 애 낳고도 아가씨 같던데. 관리 좀 해!"

친정엄마는 항상 나에게 독설(?)을 퍼붓는다. 내 존재를 소중히 생각해서 해주는 말이지만, 간혹 너무 속상할 때가 있다. 평생 마른 몸매는 아니었지만 결혼 전에는 날씬했는데, 둘째 낳고 거울에 비친 내 몸을 볼 때마다 자존감이 땅바닥까지 떨어졌다. 초라해진 모습을 신랑한테도 보여주기 싫어 침실에선 항상 불을 꺼버린다.

내게 운동 처방사 친구가 있다. 그녀는 늘 내게 "둘째 낳고 6개월 안에 붓기 빨리 빼야해. 안 그럼 진짜 안 빠진다."라고 운동에 대해 많이 조언을 했었는데 그게 현실이 되어버린 것이다. 직장을 갈 때는 잘 차려입지만 집에서는 늘 고무줄 바지와 오버핏 원피스만 입었다. 살이 찌니까 그게 더 편하기도 하고, 굳이 꾸밀 필요를 느끼지 못했다.

그러다 일본 엄마들은 아이들의 색감 인지능력을 키우기 위해 집에서 앞치마마저 색깔별로 입는다는 말을 듣고, 여러 색깔의 고무줄 바지와 앞치마를 사서 돌려 입었다. 내 나름의 노력이었지만 여전히 나는 고무줄 바지에서 벗어나지 못했다. 고무줄 바지는 편했지만, 그만큼 내 살과 자존감을 함께 지키지 못했다. 늘어난 몸무게만큼 자존감 무게는 줄어들어갔다. 지인들의 SNS 사진을 보며, 상대적 박탈감으로 짜증이 밀려왔다. 그 짜증의 화살은 신랑과 아이들에게 가시 돋친 말로 돌아갔다.

나뿐만 아니라 모든 엄마들은 '엄마'가 되는 순간 많은 것이 변한다. 심리적인 스트레스, 신체 변화, 호르몬 변화, 육아에 대한 부담이 커지면서 우울감을 겪는다. 《자존감의 여섯 기둥》의 저자 너새니얼 브랜든은 "자아 효능감은 '나는 할 수 있다'는 자기신뢰를 말하고, 자기 존중감은 '나는 괜찮은 사람'이라고 스스로 가치를 부여하는 것"이라고 말한다. 자아효능감과 자기존중감은 모두 자존감을 지탱하는 기둥이다. 자존감이 있어야 나 스스로 나를 소중히 여기게 되고, 가족들을 돌아볼 여유가 생긴다. 내가 나를 미워하는데 어떻게 가족들을 따스하게 사랑으로 감쌀 수 있을까?

자존감은 남과 나를 '비교'하면 할수록 바닥으로 떨어진다. 특히나 SNS를 통해 화려한 이면에 이끌려 평범한 일상을 보지 못하고 화려함만 쫓다 보면 나 자신은 사라져버린다. 가상으로 만들어진 세계에서 '좋아요'를 누르고 다니지만, 사실 좋은 게 아니라 오히려 기분이 더 나빠져 간다.

'나는 왜 이렇게 살지 못하지?', '나는 왜 살찌고 보기 싫은 모습인 거지?' 등 자신을 공격하는 생각이나 안 좋은 생각까지 하게 된다. 시기와 질투를 넘어 나 자신을 마음속에서 짓밟게 된다. 다른 사람들의 삶을 훔쳐보며 마치 내 삶인 양 으스대보지만, 실은 나는 아무것도 아니라는 생각에 또 슬퍼진다.

그렇게 나의 소중한 시간을 낭비하며 가족들에게 모든 짜증을 내던 내가 나를 돌아보게 되었다. 그때부터 모든 SNS 활동을 멈추었다. 오로지 내게만 집중했다. 내가 무엇을 하고 싶은지, 무엇을 잘하는지, 어떤 것을 할 때 즐거운지. 내가 하고 싶은 것, 갖고 싶은 것, 되고 싶은 것을 글로 적어가면서 나와 마주하는 시간을 가졌다.

글을 쓰는 것은 '치유를 하는 것'과 같다. 그저 나는 내 생각을 의식의 흐름대로 휘갈겼을 뿐인데 마음이 진정된다. 힐링이 된다. 그리고 앞으로 나아갈 힘이 생긴다. 매일 밤 아이들을 재우고 난 후, 고요한 시간에 책을 읽고, 글을 썼다. 그렇게 하루, 이틀이 지나고 한 달, 두 달이 지나자 정말 놀라운 일이 생겼다. 나 자신을 믿는 힘이 단단해진 것이다. 더 이상 남들의 삶을 신경 쓰지 않게 되었다.

물론 여전히 다른 사람을 신경 쓰는 성향과 성격으로 완전히 무시할 수는 없지만, 적어도 나 자신을 정서학대하며 몰아붙이지는 않게 되었다. 이제는 SNS를 봐도 아무 감정이 느껴지지 않는다. 순수하게 그 사람을 응원할 수 있게 되었다.

현대인들의 고질병이 아마도 SNS로 일어나는 것이리라 생각된다. 이는 나도 경험했지만 주변 사람들도 마찬가지로 겪는 일이다. 이런 경우, 나처럼 모든 SNS를 일단 멈추는 것도 좋은 방법이다. 꼭 계정을 삭제하지 않아도 좋다. 일단 멈추고 나 자신에게 집중해 보자.

매일 그날의 기분이나 있었던 일들을 메모하거나 나만 볼 수 있는 개인 SNS를 비공개로 따로 만들어 내 생각과 감정을 끼적여 보는 것이다. 흐트러진 서랍을 하나, 하나 정리하듯이, 내 감정과 내 기분을 하나씩 정리하여 곪아 있던 감정들을 터트리고, 상처가 아물도록 연고도 발라준다. 단순히 생각만 하는 것이 아니라, 글을 쓰다 보면 내 생각에 생각이 꼬리를 물면서 자연스럽게 치유가 된다.

실제로 나는 글을 쓰다 말고 혼자 엉엉 울기도 하고, 셀프 토닥임을 하기도 했다. 가끔은 '혼자 이 밤에 뭐 하는 건가?' 하다가도 그 시간이 내게 주는 위로가 너무나도 좋다. 타인이 아닌 나를 먼저 안아주자. 예전보다 더 건강하고 매일 하루가 특별해지는 경험을 하게 될 것이다.

　한 번은 역삼동 아카데미에서 강의를 마치고 내려오는 버스 안에서 인스타를 둘러보고 있는데 한 실장님의 일기 같은 글에 나도 모르게 눈이 멈추었다. 서울의 큰 병원에서 일하던 실장님인데, 아이를 낳고 한동안 모습을 비추지 않았다. 육아를 하느라 바쁘겠거니 했는데 글을 보고 놀랐다. 평생 아이를 낳지 않고 오로지 일만 할 것 같았던 그 실장님이 인스타에 아이가 너무 예쁘고 행복하다며, 나오지도 않는 젖을 물리며 완모를 위해 노력하고 있는 것이었다. 일도, 육아도 모두 진심을 다해 열심히 하는 그녀를 보고 나는 팬이 되었다.

　화려한 경력을 쌓아가다가 출산을 하고 육아를 하면서 자존감이 바닥을 치는 사람들이 있다. 반면, 일을 접고 오로지 육아에만 집중해도 자기 자신을 잃지 않고 일과 육아 모두 지키는 사람들이 있다. 지금은 잠시 쉬지만, 내 삶이 멈춘 것은 아니기에 순간, 순간에 최선을 다하는 모습이 너무 아름답다.

　함께 일하는 한 직장 동료는 자존감이 굉장히 높다. 자기 자신을 사랑하고 매사에 긍정적이며, 실수를 하거나 문제가 생겨도 '괜찮아. 그럴 수 있지.'라며 훌훌 털고 일어선다. 다른 사람의 일에 크게 관심 없던 친구였는데, 어느 날 심각한 표정으로 내게 이렇게 말했다.

"나 아는 언니는 일도 안 하고 집에서 운동이나 자기관리하면서 신랑이 주는 월급 꼬박꼬박 받으면서 즐긴대요. 이번에 제주도 여행도 다녀오고, 매번 명품 가방을 사요."

순간 머리가 '띵~' 했다. 이런 초긍정적인 친구도 다른 사람을 부러워하고 시기하기도 하는구나 하고 생각하니 오히려 인간미가 느껴졌다. 그저 한순간의 투정에 불과하긴 했지만, 나만 이런 생각을 하는 게 아니라는 생각에 웃음이 나왔다. 누구나 한 번쯤은 다 생각한다. 하지만 여기서 깊이 들어가며 자기 자신을 바닥으로 내리꽂느냐, 그저 잠깐 바람처럼 스쳐 지나가느냐의 차이인 것 같다.

나는 그 직장 동료에게 "너는 못 사는 게 아니고 안 사는 거지! 그 사람은 자기 삶의 가치를 가방에 두는 거고, 너는 앞으로 건물주가 되는 게 꿈이라며? 그냥 소신껏 살면 되는 거야."라고 말해주었다. 정말이다. 그 친구는 명품 가방을 좋아하지 않는다. 아니 관심이 없다. 오로지 돈을 벌면 은행에 적금하기 바쁘다. 은행에 가면 바로 VIP실로 직행이다. 목표가 다른데 다른 사람의 삶이 내게 무슨 소용이 있겠는가? 명품가방이야 나중에 몇 백 개도 살 수 있는데 뭐가 걱정인가.

나의 자존감을 깎아내리는 사람은 멀리하자. 나를 가스라이팅 하며 조정하려는 사람은 내 자존감을 좀 먹는 사람이다. 눈치

보지 말고 내 소신을 당당하게 말하자. 내 삶은 내 것이고, 누구도 조정할 수 없다. 오로지 나만이 내 삶의 운전대를 잡고 움직일 수 있다. 내 삶의 방향과 목적을 명확히 하고 나의 길을 걷자. 그것이 자존감을 지키는 일이자 나 자신과 더불어 사랑하는 가족을 지키는 일이다. 관계는 덤으로 따라온다.

말에도
품격이 있다

초등학교 대대로 내려오던 엄마들 봉사단체에서 행정안전부 장관 상을 수상한 후 축하모임이 열렸다. 나도 퇴근하고 부랴부랴 참석을 했다. 나는 봉사단체에 들어간 지 얼마 되지 않은 신입이었기에 자기소개를 하고 막 자리에 앉는 참이었다. 옆에 앉아 있던 누군가가 내게 말을 걸었다.

"혹시, 안소진이 엄마세요?"

소진이 엄마 맞는데 누구시냐고 물어보니, "저 OO이 엄마예요."라며 자신을 소개했다.

생각이 안 나서 머릿속을 바르게 굴리다가 문득 1년 전 일이 생각났다. 첫째 아이가 초등학교 3학년 때의 일이었다. 반 친구들끼리 단톡방을 만들어서 얘기를 하는데 밤 10시가 넘어서도 대화가 끊어지지 않아 소진이가 "이제 그만 좀 해."라는 글을 올렸다. 그 말에 한 아이가 발끈하면서 심한 욕을 했다. 입에 담기도 힘들 정도로 처음 들어본 욕에 소진이는 얼굴이 굳어버렸다. 나 또한 너무 놀랐다. 우리 어른들이야 단톡방에서 밤늦도록 대화가 오가면 미리 알람을 꺼놓거나 대답하지 않아도 되는데, 아이들은 순수해서 말 그대로 "그만 좀 하고 자자."라고 한 것이었고, 그게 문제가 되어버렸다.

소진이는 생전 처음 들어본 욕에 충격을 받았는지 힘들어했고, 담임선생님께 말씀을 드려야 할 것 같아서 다음날 학교를 찾아갔다. 여차저차 말씀을 드리고 허겁지겁 출근했는데, 그 아이의 아빠한테서 전화가 왔다. 전화를 받자마자 거두절미하고 대뜸 나를 아동학대죄로 신고하겠단다. 내가 언제 아동학대를 했단 말인가? 나는 그저 아이들끼리 너무 심한 욕설을 해서 부모님들이 잘 지도하길 바라는 마음에 선생님께 전달했을 뿐이었는데… 중간에 어떻게 전달된 것인지 그 분은 이상한 오해를 하고 있었다.

"죄송합니다. 잘 지도하겠습니다." 하고 기분 좋게 마무리될 거라고 생각했던 내 생각은 완전히 빗나가버렸다. 일은 일파만파 커지면서 학교 측에서 당사자들끼리 대화할 수 있는 자리까지 만들어주기에 이르렀다. 그런데 그 아이의 아빠가 나타나지 않으면서 일은 흐지부지 일단락되었다. 아이에게 나쁜 말과 행동을 하면 안 되는 것이라고 가르쳤는데 일이 이렇게 되어버리니 면도 서지 않았다. 그냥 좋게 생각하기로 하고, 아이를 잘 달래고 내 마음도 추스르고 잊어버리고 있던 참이었다.

그런데 오늘 이렇게 봉사 단체에서 그 아이 엄마를 만나게 될 줄이야! 알고 보니, 아이의 엄마는 당시 남편과 이혼한 상태에서 아이에게 접근 불가 처분을 받아 소식만 듣고 다가가지 못하고 있었다고 한다. 아이가 걱정돼서 이미 나에 대해 사전조사까지 마쳤다고 했다. 내게 접근할 방법을 찾지 못하고 있다가, 내가 봉사단체에 들어온 걸 알고 한번 대화하고 싶어서 기회만 엿보고 있었다는 것이다. 그러면서 "아이들끼리 그럴 수도 있지. 뭐 그런 걸로 학교까지 찾아가서 일을 크게 키우고 그러세요? 저는 아이 소식을 듣고도 학교도 못 찾아갔는데."라며 나를 타박하는 것이었다. 내게 일대일로 조용히 말하는 것도 아니고, 사람들이 다 듣는 자리에서 이렇게까지 크게 쏘아붙이고 할 일인가 싶었지만, 좋은 취지에서 모인 곳에서 일을 크게 만들고 싶지 않아 최대한 좋게 응대하고 마무리했다.

봉사단체 회장님은 "애들 키우다 보면 내가 가해자 될 때도 있고, 피해자 될 때도 있어서 억울할 때 많아. 엄마가 현명하게 대처하고 지혜롭게 대처하면 돼. 정말 잘 했어."라며 나를 위로해 주었다.

한편으로 생각해 보면 아이의 엄마 입장이 이해가 됐다. 이혼해서 아이에게 접근도 안 되는 상황에서 남의 입으로 전해 듣기만 하다 보니 더 걱정되었을 것이다. 어찌 됐든, 엄마는 '엄마'라는 그 이름 자체만으로 약자가 되어야 할 때가 있으니까. 그 마음이 이해가 되었기에 잘 응대할 수 있었다.

살다 보면 진짜 별일이 다 있다. 나는 하지 않은 일인데 내가 한 것처럼 되어있을 때가 있고, 내 말의 의도는 그게 아닌데 오해하고 나를 나쁜 사람으로 몰고 가기도 한다. 물론 정반대의 일이 있기도 하다. 그때마다 이리 발끈, 저리 발끈하는 태도는 오히려 나를 좀먹는다. 조금은 손해를 보더라도 상대방의 입장에서 생각하고 보듬어 줄 때 내 아우라는 빛이 난다.

꼭 말을 논리정연하게 잘하고 설득을 잘해야 하는 것은 아니다. 살짝 짓는 미소 하나도, 진중한 태도로 "네"라는 간단한 대답에도 사람을 움직이는 힘이 있다. 엄마는 엄마이기도 하지만 한 인격체이기도 하다. 그 사람을 멋진 사람으로 만들어주기도 하고, 이상한 사람, 고집불통, 말이 안 통하는 사람으로 만들기도 한다. 이 모든 것은 '말'에서 비롯된다.

함께 일하는 직원 중에 매번 실수하고 실력이 제자리걸음인 친구가 있었다. 내향적인 성격에 눈치를 보며 소극적으로 일하는 모습에 내가 먼저 다가가서 작은 칭찬을 했다.

"와! 이거 선생님이 한 거예요? 어떻게 이런 생각을 할 수 있었어요? 대단하시다."

그녀가 작은 성공을 할 때마다 아낌없이 칭찬하고 용기를 북돋워주었다. 그랬더니 어느 순간부터 조금씩 목소리를 내기 시작하더니, 환자와 '절친'이 되어 대화를 하는 게 아닌가? 알고 보니 자신은 부족하고 못한다는 생각에 사로잡혀 자꾸만 움츠러들게 되었고, 그게 오히려 실수로 연결되었던 것이다.

"실장님 덕분에 제 자신을 믿고 이겨낼 수 있었어요."

그녀가 인사를 하는데, 내가 더 고마워서 눈물이 났다.

사람은 어려울 때, 손 내밀어 준 사람을 평생 잊지 못하고, 처음 하는 일이 서툴러서 헤맬 때 자상하게 이끌어준 사람을 존경하며, 한 번의 실수를 질책하는 사람보다 다음에 잘 할 수 있을 거라고 용기를 주는 사람이 가슴에 남는다.

'말 한마디로 천 냥 빚을 갚는다.'라는 말이 있다. 같은 말이라도 어떻게 표현하느냐에 따라 느끼는 감정은 완전히 달라진다. 말을 하기 전, '나는 이 말을 통해 이 사람이 어떻게 해주길 원하는가?'를 생각해야 한다. 머릿속을 거치지 않고 그저 하고 싶은 말만 하면 상대방을 움직일 수 없다. 단순히 남편이 음식물 쓰레기를 버리기를 원하거나, 아이들이 밥을 잘 먹게 하고 싶을 때에도 어떻게 말하면 따라줄지를 생각해야 한다. 그렇지 않으면 "이거 해!"라는 말이 먼저 나오고, 그 말에 기분이 상한 상대방은 내 뜻을 따라주지 않는다.

말에도 품격이 있다. 품격 있는 말을 하는 당신은 향기롭다.

멀리가려면
함께 가라

～～～～～～～～～～～～～～～～～～～～～～～～～～

"자! 예쁜 친구들, 앞으로 나와서 도와줍니다!"

태권도 관장님의 말에 아이들이 서로 "저요! 저요!" 외치며 손을 든다. 이번에도 우리 아이가 공연 도우미로 나섰다. 아이는 평소와 다른 모습으로 질서정연하게 서서 마술쇼가 잘 진행될 수 있도록 도와주었다.

'태권도 학원에서 웬 마술쇼?'라고 생각할지도 모르겠다. 나도 처음에는 그렇게 생각했다. 처음에는 왠지 생뚱맞은 것 같았는데, 벌써 2년째다. 매년 멋지게 진행하는 모습에 감탄했다. 매번 색다른 공연을 준비해 주셔서 아이들은 물론이고 가족들 모두 함께 즐길 수 있다. 많은 학원생들이 골고루 참여할 수 있게 하기 위해 하루 종일 4차례에 걸쳐 진행하는 것도 감동적이었다.

둘째 아이가 다른 아이들과는 좀 남달라서 신경을 많이 쓰고 있던 중이었다. 인성교육이 절실하다는 생각에 태권도 학원에 보내면 좋다고 해서 보냈는데 그리 좋아지지 않았다. 아이들을 막 대하거나 권위적인 모습은 아이를 더 주눅 들게 만들었다. 그런데 이곳은 달랐다. 마술쇼 이벤트뿐만 아니라, 인성교육에 진심이었다. 잘못된 행동을 했을 때 마냥 화를 내는 게 아니라, 왜 잘못된 행동인지 스스로 느낄 수 있도록 한다. 아이는 2년 사이에 몰라보게 달라졌다. 물론 아직도 현재 진행형이지만, 조금씩 좋아질 것이라고 생각한다.

같은 태권도를 가르치는 곳인데 왜 이렇게 다를까? 아마도 아이들을 생각하는 마음가짐이 달라서가 아닐까 한다. 그저 대회에서 1등으로 만드는 것이 목표가 아니라, 좋은 인성, 바른 마음과 함께 건강한 몸을 가질 수 있도록 하는 것이다. 대회를 나갈 때도 잘하는 친구뿐 아니라, 하고 싶은 사람 누구든지 참여할 수 있도록 기회를 준다.

관장님은 이렇게 말한다.

"잘하는 사람 몇 명 보다 모두가 함께 성장하는 것이 더 멀리 갈 수 있다고 생각합니다."

이런 철학이 아이들과 엄마들의 마음까지 사로잡을 수 있었던 비결이라고 믿는다.

문득, 내가 예전 대학생 때 아르바이트를 했던 카페 사장님이 떠올랐다. 지금의 내 나이였던 사장님은 매주 주말이 되면 어딘가로 갔다. 매주 어딜 가시나 궁금했는데, 알고 보니 고아원에 가서 아이들에게 목욕봉사를 하고 있었던 것이었다. 호기심에 한 번 따라가 봤다가 눈물 콧물 다 빼고 왔다. 너무 예쁜 아이들이 엄마 아빠 없이 지내야 하는 모습에 마음이 아팠다. 그때부터 봉사활동이 시작되었다. 불우이웃이나 요양원에 기부금도 매달 냈다. 내가 커피 몇 잔 덜 사먹으면 충분히 가능한 일이었다. 그렇게 차곡차곡 쌓인 기부금이 어느새 100만 원이 훌쩍 넘어섰다. 그 금액이 전혀 아깝지가 않다.

나 혼자만 잘 산다고 돌아가는 세상이 아니다. 함께 잘 살아야 우리 아이도 좋은 환경에서 잘 자랄 수 있다고 생각한다. 세상은 미쳐 돌아가는데 우리 아이만 올곧이 잘 자랄 수 있을까? 아이를 둘러싼 환경이 바뀌어야 아이도, 세상도 함께 바뀔 수 있다.

둘째 아이 친구 중 매일 우리 집으로 하교하는 친구가 있다. 아이 엄마가 맞벌이로 늦게까지 일을 하다 보니 우리 집에 오는 것이다. 나는 그 아이에게 늘 저녁밥을 챙겨준다. 그 아이를 보면 어릴 적 내가 떠오른다. 맞벌이하느라 매일 바쁘셨던 부모님이 늦게 오셔서 늘 친구 집에 놀러 갔는데, 친구 엄마는 귀찮은 기색 하나 없이 늘 반기며 저녁밥상을 차려주셨다. 그 따뜻한 기억이 오래도록 내 가슴속 깊이 남아있다. 나 또한 이 아이가 나처럼 좋은 기억을 담아 가길 바라며 밥상을 차렸다.

요즘 독서모임에 열심히 참여하고 있다. 예전에는 그저 '읽기 위한' 독서를 했다면, 요즘은 읽고 서로 인사이트를 나누며 '실행'을 목적으로 한다. 그러다 보니 조금씩 성장하는 나를 느낄 수 있다. 시간에 쫓겨 '그냥 책 그까짓 거 대충 혼자 읽으면 되지.'라고 생각했던 내가 바보같이 느껴졌다. 매주 목요일 저녁 8시에 함께 하는 1시간은 오롯이 나를 채우는 충만한 시간이다.

'빨리 가려면 혼자 가고, 멀리 가려면 함께 가라.'는 말이 있다. 나는 빨리 가고 싶어 늘 혼자였지만, 실은 빨리 가지 못했다. 남들 눈치 보면서 속도를 맞추었고, 오히려 도태되었다. 함께하면 멀리, 그리고 정확하게 갈 수 있다. 스포츠카 탄 것처럼 빠르진 않아도, 방향이 명확하기에 차근차근 나아갈 수 있다.

내가 가야 할 길이 만 리라면 천리까지라도 함께 가보자. 분명 만 리가 아니라 더 멀리 나아갈 수 있을 것이다.

지금 내가 만나는 사람이
나를 만든다

～～～～～～～～～～～～～～～～～～～～～～～

"우리는 가장 많은 시간을 함께 보내는 다섯 사람의 평균이다."

미국의 사업가이자 동기부여 강연가 짐 론(Jim Rohn)의 말이다. 그는 내가 처한 환경이 영향을 주기 때문에, 나를 변화시키고 싶다면 먼저 내 주변 환경부터 변화시켜야 한다고 말한다.

내 주변의 5명은 누구인지 생각해 보니, 작가, 강사, 사업가, 치과 종사자들이 대부분이었다. 모두들 자신의 일을 갖고 있거나 무언가 열심히 하는 사람들이다. 나 또한 그런 사람이고. 매일 밤 책을 읽고, 글을 쓰고, 경제공부를 하고, 아침에는 10분독서와 아침 확언으로 하루를 시작한다. 정말 이전의 나와는 완전히 다른 모습이다.

매일 남과 비교하면서 '나는 왜 저렇게 살지 못하지?'라며 나를 비난하고 자책했다. 왜 나는 다른 사람처럼 잘 살지 못하는지 불공평하다고 생각했고, 화가 나기도 했다. 하지만 내 주변 환경을 바꾸면서 완전히 바뀌었다. 강사가 되겠다고 결심하고 매주 주말마다 강남행 버스에 올랐던 그때, 내 주변 사람들은 강사들로 바뀌었다. 작가 옆에 있으면서 책도 쓰게 되었다. '엄마 키움'이라는 브랜드명을 만들고 활동하면서 주위에 자기 계발하는 엄마들로 가득해졌다. 서로 좋은 정보를 공유하고 나누면서 더 크게 성장하고 있다.

그렇게 가난하고 찌든 삶에서 벗어나려고 노력할 때는 허우적거리면서 자꾸만 수면 아래로 가라앉았는데, 그 속에서 벗어나서 내 주변 사람들을 바꾸니 내 삶이 완전히 180도 바뀐 것이다. 출산과 육아로 엄마들의 경력은 잠시 끊길 수 있지만, 결코 단절되지 말아야 할 것이 있다. 바로 사람과의 관계 즉 인적 네트워크다. 인맥을 맺고 친분을 강화하는 것을 '사회적 자본'이라고 말할 정도로 중요하다.

며칠 전, 친하게 지내던 치과 실장님에게서 급하게 연락이 왔다. 직원이 갑작스레 그만두게 되어서 새로운 직원이 필요한데, 공고문을 내도 아무도 연락이 안 한다는 것이다. 주변에 혹시 쉬고 있는 사람이 있다면 연결 좀 해달라는 부탁이었다. 나는 주변 치과병원에 수소문했고, 단 10분 만에 4명의 사람들을 모을 수 있었다. 직원의 친구, 복직 예정이었던 예전 동료, 친한 교수님의 제자 중 취업 예비생 등 일사천리로 면접을 봤고, 모두 다 그 병원에 포지션에 맞게 입사할 수 있었다.

갑작스레 직원이 그만두어 신규채용을 하는 등 일반적인 공개 채용이 아닌 경우에는 인맥 인프라를 활용할 수도 있다. 여기서 중요한 것은 많은 사람을 아는 것보다 그 사람과의 관계(relationship)가 얼마나 탄탄한가이다.

대학을 다닐 때 나는 지지리 공부 못하는 열등생이었다. 교수님 말씀도 잘 안 듣고, 몰래 도망만 가거나 수업 시간에는 엎어져서 잠만 자기도 했다. 그런 내가 취업을 하고, 실장이 되고, 강사가 되면서 교수님을 자주 찾아갔는데 교수님은 그런 나를 좋게 보셨다. 그 교수님과의 관계가 돈독해지면서 나는 대학 강의나 치위생과 국가고시 실기시험 대비 조교로도 활동할 수 있었다. 대학교 때 이은숙 교수님이 해주신 말이 생각난다.

"무궁화호를 타면 그런 사람을 만나는 것이고, KTX를 타면 거기에 맞는 사람을 만나는 법이에요. 비행기를 타도 일반석과 비즈니스 석에 타는 사람은 모두 다 달라요. 항상 비즈니스 석을 타는 사람이 될 준비를 하고 사세요."

이 말은 아직도 내 가슴속에 남아있다. 사람을 가려서 만나라는 게 아니다. 내가 그런 사람이 되라는 것이다. 그러려면 환경을 바꿔야 한다. 내가 할 수밖에 없는 공간과 시간 속에 나를 던져놓아야 한다. 나는 책을 쓰기 위해 매일 밤 책으로 탑을 쌓은 나만의 서재에서 읽고 썼다. 매일 한 꼭지씩 쓰지 않으면 피드백을 해주지 않는 이선영 작가님의 코칭 때문이라도 무조건 써야만 했다. 매일 밤 12시까지 무조건 써낸다는 생각으로 하니 집중력이 최고조에 달했다. 책을 쓰기 전까지만 해도 '과연 내가 할 수 있을까?'라고 생각했지만, 환경 세팅을 마치니 신기하게도 책이 완성되어 있었다. 만약 내가 작가님을 만나지 않았다면 나 또한 작가가 될 수 있었을까? 이 또한 나를 만드는 소중한 인연이다.

지금 나는 누구와 만나고 있는가? 나를 둘러싼 환경은 어떠한가? 지금 내 환경 탓만 하지 말고, 새로운 환경을 직접 설계하자. 그리고 그 속에 나를 던져놓자. 지금 만나는 사람이 나를 만든다.

제7장

"결혼하고 행복하게 살았습니다."가 아니라, 결혼부터 시작이다

Mom's Independence

'남의 편'이 '내 편'이 될 때
옛날이야기는 이루어진다

거절하지 못하고 언제나 "YES." 하는 호구. 싫은데도 싫다고 말하지 못하고 나중에 힘들어하는 바보. 그게 바로 나였다.

나는 맺고, 끊는 것이 힘든 사람이었다. 사람과의 관계를 무 자르듯이 쉽게 끊을 수 없다고 생각했고, 늘 상대방의 의견을 묻고 그 사람의 의견을 따랐다. 내 나름의 존중의 표시였는데 어느 순간 나는 '어떤 말을 해도 OK 하는 호구'가 되어있었다.

내 일을 할 때도 남에게 결정권을 주었는데, 내가 결정한 일은 한없이 불안했다. '혹시 틀리면 어떡하지?', '잘못되면 어떡하지?'라는 생각에 계속해서 내 결정에 대해 남에게 확인받으려고 했다. 내 문제임에도 남이 해결해 주길 바라며 결정권을 상대에게 주었다. 나는 한없이 자존감이 낮은 사람이었다.

남편은 나와 정반대였다. 어떤 일이든 당당했고, 자신감이 넘쳤다. 불의를 보면 참지 못하고 지구 끝까지 쫓아가서 해결하고, 할 말 다 하면서도 예의도 발랐다. 운명이었을까? 나와 완전히 반대인 그 사람에게 끌렸고 그렇게 결혼까지 갔다.

"그래서 결혼하고 행복하게 살았습니다."로 마무리되면 정말 완벽한 해피엔딩이 될 텐데, 실제로는 정반대의 성격이다 보니 부딪히는 일도 많았고 자주 싸웠다. 나는 감정적인 사람인데 내 감정을 전혀 이해하지 못하고 논리 정연한 남편의 말에 상처도 받았다. 그럼에도 나를 사랑하는 마음을 알기에 싸워도 쉽게 화해했다.

아직도 남편은 내가 강의를 준비하거나 자료를 준비할 때 서운할 정도로 날카롭게 피드백을 해준다. 내가 생각 없이 행동하거나 잘못된 행동을 할 때는 누군가의 엄마로서 모습을 생각하며 늘 겸손하게 행동하라고 말해준다. 또, 내가 돈 때문에 불안하게 성장한 사실을 잘 알고 있다. 그래서 내가 조급해하며 "빨리빨리 돈 모아야 돼. 부자 되어야 해. 명품도 사야 돼."라고 하면 남편은 이렇게 나를 다독인다.

"젊었을 때는 만 원짜리 흰 티에 청바지만 입어도 젊음이란 옷을 입어서 빛나고 예뻐. 정말 추한 건 나이 들었는데 돈이 없어서 어쩔 수 없이 만 원짜리 옷을 입는 거야. 그게 더 속상한 거고. 그러니까 지금은 우리 젊음에 맞게 알뜰히 잘 살면 되는 거야."

덧붙여 부자에 대한 강박을 가지지 말라고 한다. 진짜 부자들도 그저 보여주기 식으로 사지 않는다며, 촌스러운 사람이 되지 말자고 한다.

부부치료 전문가인 존 가트맨 박사는 행복한 부부의 핵심은 바로 '우정'이라고 한다. 친구란 무엇일까. 정말 사소한 일상도 공유하고, 하루의 기분을 나누고, 공통된 관심을 가지고 힘든 일, 기쁜 일, 슬픈 일까지 나눈다. 배우자도 이와 같다. 우스갯소리로 '사랑하는 사이가 아니라 가족이다.'라는 말을 하는데, 실은 사랑보다 더 위대한 존재가 가족인 것 같다. 싸우고 토라져도 금세 웃으며 대화할 수 있으며, 말하지 않아도 서로 통하는 진심. 가족 사이에서만 가능한 일이 아닐까.

서로 대화하지 않아도 된다는 뜻은 아니다. 부부일수록 더 깊은 대화가 필요하다. 관심사가 다르더라도 서로 공유하고 표현해야 한다. 하루의 일상을 공유하며 대화거리를 찾는 것이 중요하다. 직장 생활하는 남편이 "당신은 사회생활 안 해봐서 몰라."라고 말한다면, 남편의 다른 관심사라도 함께 얘기할 줄 알아야 한다. 남편도 마찬가지로 "밥은 잘 챙겨 먹었어?"라고 물어볼 줄 알아야 한다. 우스갯소리로, "밥은?", "아는?(애들은?)", "자자(잠을 자자)."라는 3가지 말만 하는 경상도 남편이 되지 말고, 아내에게 관심을 갖고 질문할 줄 아는 남편이 되어야 한다.

아이 둘을 돌보며 출산휴가로 잠시 쉴 때, 나는 남편의 "밥은 잘 먹었어?"라는 정말 흔한 한마디가 고마웠다. 하루 종일 아이들 돌보며, 시간이 없어 아기 띠를 하고 일어선 채로 밥 먹는 내 모습이 안쓰러웠나 보다. 아이에게 한시라도 눈을 뗄 수 없어 아이를 바라보다가 나도 모르게 숟가락을 씹어서 앞니가 깨져버렸던 적이 있다. 교정한 것처럼 반듯하게 생겼던 내 앞니는 '영구' 치아로 육아와 맞바꾼 훈장이 되어버렸다. 그때부터 신랑은 "오늘은 잘 챙겨 먹었어?" "또 아기 띠 매고 먹었어? 이젠 그러지 마."라고 하며 더 신경 써주었다.

대화를 하기 전에는 늘 싸움의 연속이었다. 감정에 호소하는 나와, 논리와 팩트로 접근하는 남편과의 싸움은 도돌이표를 반복하며 끝날 줄 몰랐다. 밖에서는 그렇게도 착한 사람인 나인데 남편 앞에서는 그게 잘되지 않았다. 무조건 날 이해해야 했고, 내 말을 들어줘야 했다. 그렇지 않으면 화가 나고, 그 화를 주체할 수가 없었다. 그때마다 남편도 밖으로 겉돌았고, 우리는 서로 상대방을 향해 칼을 겨눈 채 상처를 주었다.

지금은 서로의 부족한 부분을 너무 잘 알고 이해하기에 채워주려고 한다. 물론 가끔은 여전히 '빠꾸 없는' 직설적인 말투에 상처받기도 하지만. 나는 나에게 없는 남편의 당당한 모습을 보며 늘 내 모습을 점검한다. '나와의 대화'를 통해 예전에 비해 자존감이 많이 회복되었지만, 한 번씩 힘들 때마다 찾아오는 슬럼

프 같은 감정의 소용돌이가 신랑으로 인해 잠잠해지곤 한다. '남의 편'이었던 남편이 '내 편'이 되어 이제는 없어서는 안 될 든든한 내 반쪽이 되었다.

남편과의 관계가 힘들다면 대화를 해보자. 대화만큼 좋은 해결책은 없다. 남의 편을 내 편으로 만들면 가정도 편안하고, 내 일도 편안해진다. 직장동료들도 매일 자주 카톡을 주고받는 우리 부부가 신기하다고 말한다. 연애할 때나 하는 카톡이 결혼해서도 할 정도로 그렇게 할 말이 많은가 하면서 말이다. 특별한 문자는 아니다. 그저 "점심 잘 먹고 오후도 힘내!", "오전에 환자가 너무 많아서 점심 제대로 못 먹었어. 배고파 여보." 등 일상적인 대화를 할 뿐이다. 그런데 별것 아닌 이런 일상적인 대화 속에서 사랑이 싹튼다.

시댁에서는 곶감 농사를 지었다. 철마다 도와주러 가는데 항상 남편이 감을 두 소쿠리씩 나르다가 시어머님 가까이 갈 때쯤 한 소쿠리를 내게 건넸다. 혹시라도 어머님께 한소리 들을까 봐 걱정하는 마음이었다. 그 마음이 참 고마웠다.

아무리 가까운 남편이라도 내숭은 필수다. 나는 신랑과 벌써 17년 차 우정(?)을 나누고 있다. 오래된 인연이지만 여전히 남편 앞에서 방귀를 가린다. '엄마'이기 이전에 나도 '여자'이고 싶다. 우리 집은 가훈이 아닌 '부부훈'이 있다. '늘 처음처럼'이란 글귀다. 늘 처음 같은 마음을 가지고 연애하듯이 살자는 뜻이다. 여전히 가끔 싸우지만 그래도 한결같은 내 편이다.

옛 직장동료 중에 육아와 집안일만 하는 친구가 있었다. 분명 집안일과 육아도 '직업'임에도 불구하고, 친구는 괜히 신랑한테 생활비 달라고 하는 게 눈치 보인다며 내게 하소연했다. 아이 장난감 하나 사려면 구구절절 설명해서 허락을 받아야 하고, 국산으로 좋은 것만 먹이고 싶은 자신의 마음도 모른 채 싸고 저렴한 것만 찾는 신랑 때문에 속상하다고 했다. 매일 싸우고 울며 힘든 나날을 보냈던 것이다.

1년 후, 육아휴직을 모두 마치고 직장으로 돌아간 친구에게 다시 연락이 왔다. 직장으로 돌아가니 너무 좋다는 것이다. 신랑에게 물어보지 않고, 마음껏 사고 싶은 걸 산다는 게 가장 행복하다고 했다. 몰래 보너스는 뒷주머니에 넣어두었다가 투자도 하고 있다며 자랑했다. 게다가 혼자 집에 있을 때는 모든 집안일을 다 했어야 했는데, 함께 일을 하면서부터는 신랑이 빨래며 설거지까지 매일 도와준다고 한다. 이전에는 매일 싸웠다면 지금은 신랑에게 고맙다는 표현을 한다고 했다. 웃을 일이 많아지면서 부부 사이도 더 돈독해졌다고 한다. 그런 두 부부의 모습을 보면 아이도 심리적 안정감을 느끼게 된다. 직장 하나만 가졌는데, 이로 인해 얻는 이익이 이렇게 많다니 기쁜 일이다.

부부가 같이 벌면 물론 경제 상황도 더 좋아진다. 일을 하면 내가 살아있다는 생각이 들게 된다. 또 다른 사람에게 인정받고 자신을 소중히 생각하게 된다. 그리고 나중에 혼자가 되어야 할 경우 자신을 보호할 수 있는 능력이 될 수도 있다. 120세 시대에 다가오는 내 미래를 하루빨리 준비해야만 나이 들어서도 만 원짜리 면티만 입어야 하는 궁상을 떨지 않을 수 있다.

지금 어쩔 수 없는 상황으로 집에만 있다면 나중에라도 내 일을 하자. 직장을 다니든, 소소하게 아르바이트를 하든, 무자본 창업을 하든 어떤 일이든 좋다. 책을 읽고 독서모임을 가지는 것도 좋다. 나만의 무언가를 한다는 것은 엄마의 자존감을 회복하는데 큰 역할을 한다.

어떤 것에도 기죽지 말고, 나의 평생 파트너 베스트 프렌드 남편과 한 팀이 되어 살아가자. '남의 편'이 '내 편'이 될 때 옛날 이야기의 결말이 이루어진다.

지금, 여기에서
내가 하고 싶은 일을 하라

〰〰〰〰〰〰〰〰〰〰〰〰〰〰〰〰〰〰〰〰〰〰

　새해가 다가오면 늘 새로운 다짐을 하고, 새로운 계획을 세운다. 그러다 문득 내 나이가 얼마인지 되새기다 보면, 앞자리 숫자가 바뀐다는 사실에 한없이 슬퍼진다. 해놓은 것도 없이 나이만 먹는 것 같아 속상하다. 다행인지 불행인지 이번 정부가 만 나이로 개정함으로써 모두들 1~2살 어려졌다. 내 실제 나이는 변함이 없지만, 나 역시 왠지 기분이 좋다. 단순히 숫자에 불과할 뿐인데도 기분이 왔다 갔다 한다.

　나는 속으로 '항상 20살처럼 살아야지.'라고 생각하며 마음을 다스렸다. 큰 종이를 꺼내서 120칸 정도를 마구잡이로 그리고 내 나이까지 색칠했다. 요즘 100세가 아닌 120세 시대니까 아직 나는 1/3 인생만 산 것이다. 아직도 살아갈 날이 많이 남았다. 갑자기 안심이 된다. 지금 하고 있는 일이 맞지 않다면, 뭐라도 해도 될 나이라는 사실에 말이다. 항상 후회는 늦다. 지금, 오늘 나의 가장 젊은 날에 시작하면 된다. 열정만 있다면, 학교를 다시 가도 좋다.

늘 내게 힘이 되어주고 나를 자랑스럽게 생각 해주는 선경언니는 첫째 아이 문화센터 동기이다. 전우애처럼 지금까지 우정을 나누고 있는데, 통증의학과에서 근무하다가 나를 보고 치과로 직장을 옮기고, 현재 치위생과 2학년에 재학 중이다. 40대에 과를 옮길 정도의 열정이라니! 뭐든 해도 될 사람이다. 학교에서도 1등을 할 정도로 공부도 열심이다. 직장과 육아에 공부까지 닥치는 대로 열심히 하는 언니를 보면 너무 멋지다. 과연 3가지를 모두 다 한다는 것이 가능한 일일까? 나는 엄마이기에 가능하다고 생각한다.

나는 정말 잠이 많은 사람이다. 한번 누우면 누가 업어 가도 모를 정도로 잠귀마저 어둡다. 그런 내가 아기 우는 소리에 반사적으로 0.1초 만에 몸을 일으키고, 아이가 열이 나거나 아픈 날이면 쪽잠을 자더라도 견딜 수 있는 힘이 생긴다. 이는 내가 사랑하는 아이의 엄마이기에 본능까지도 이길 수 있는 힘이 생기는 것이다.

일도 마찬가지다. 내가 앞으로 하고 싶은 일이나 하려고 하는 일 모두 내 마음에 간절하다면 몸은 곧바로 반응한다. 꼭 반드시 무슨 일이든 해야 한다는 뜻은 아니다. 다만 내가 하고 싶은 것이 있다면, 그것이 공부든 일이든 취미생활이든 일단 해봤으면 한다. 120세까지의 내 인생 그래프에 엄마와 아내로서만이 내 역할이 전부가 아니다. 우리는 '아줌마'가 아니다. '집에서 애나 볼 것이지 왜 나와. 이 아줌마야.' 할 때의 그 아줌마가 아니다. 애도 보고, 내 일도 하고, 취미 생활도 하는 '나'가 바로 진짜 '나'다.

자! 지금 당장 종이를 꺼내자. 대충 120세를 뜻하는 120칸을 그려서 내 나이의 위치에 색칠해 보자. 나는 지금 어디쯤 서 있는가? 이제 겨우 1/3도 살지 않았다면, 지금이 다시 시작할 시기다.

이제 다시 펜을 들고 1년 후, 3년 후, 5년 후, 10년 후의 목표를 써보자. 너무 먼 미래는 계획하기 어렵다면 당장 내일, 다음 달 목표도 좋다. 일단 쓰는 게 중요하다. 10년 뒤면 내 둘째 아이가 20살이 된다. 완전히 성인이 되는 것이다. 그때의 내 목표를 적고 그에 따른 적금 만기 상황도 적어보았다. 목표가 정해져야 세부적으로 내가 할 일이 생긴다. 그리고 그 할 일은 앞으로 내가 나아가는데 큰 나비효과를 일으킨다. 지금 내가 하는 작은 행동이 실제로 미래의 내 목표를 향해 나아가게 되는 것이니까.

나는 20살에 재즈댄스학원을 다녔다. 거기서 만난 원장님은 시카고에서 살다 오셨는데 너무 멋있었다. 그 분은 내 롤 모델이었다. 말과 행동, 태도, 아우라 모든 것이 내 '워너비'였다. 그때 내 꿈은 재즈댄스 강사였다. 물론 꿈으로만 남아버렸고, 치과병원에 취업했지만 단순히 꿈으로만 간직하지 않고 도전을 했다는 것에 의의를 둔다.

'직업'은 꿈이 될 수 없다. '강원주, 네가 하고 싶은 거 다 해.'가 내 꿈이자 내 소신이다. 여기에 목표가 붙는 것이다. 재즈댄스학원 강사, 치과위생사, 병원전문 임상강사, 엄마 브랜딩 강사, 컨설턴트, 작가. 지금까지 수많은 직업이 나를 거쳐 가고, 여전히 진행 중이지만, 이 모든 것들은 내 꿈을 이루기 위한 목표이다. 목표는 바뀔 수 있다. 실패와 시행착오를 겪다 보면 더 견고해지고 단단해지기도 한다. 이때 목표와 수단을 혼동하지 말아야 한다. 무조건 다른 사람들이 하는 '이거 너무 좋대.'라는 말만 듣고 시도하지 말자. 일단 따놓으면 좋다는 자격증도, 방구석에 처박아둘 거라면 시간 낭비하지 말고 진짜 내가 하고 싶은 일을 찾자.

내가 할 수 있는 것, 잘하는 것, 하고 싶은 것을 찾아서 우선순위를 정하자. 가수 박진영이 오래전 꿈에 대해 적은 글이 있다.

"꿈의 공식.〈꿈 = 좋아하는 분야 + 잘하는 일〉. 만약 좋아하는 게 야구고 잘하는 게 의학이라면 야구팀의 닥터가 되고, 좋아하는 게 음악이고 잘하는 게 회계라면 JYP 회계팀에 들어오면 좋을 것 같아요."

꿈이 없다면 일단 내가 좋아하는 것과 잘하는 것의 교집합을 찾자. 그리고 좋아하는 것 분야에서 잘하는 것을 직무로 삼자. 요즘에는 적성검사인 MBTI 검사도 쉽게 할 수 있는 앱도 많이 나와 있다. 또는 정부가 제공하는 '커리어넷 워크넷'에 접속하여 적성을 검사해도 좋다. '에니어그램'이라는 나의 본성을 찾아 공부해 보는 것도 좋다. 사람의 본성을 9가지로 나눠 알아보는 공부인데, 나를 알아야 남을 이해할 수 있기에 나에 대해 배우는 것은 중요하다.

전에 직장을 옮길 때, 유명하다는 점집에 가서 점을 본 적이 있다. 도대체 뭘 해야 할지 몰라 남의 손에 나를 맡긴 것이다. 그렇게 옮긴 직장이 좋았냐고 묻는다면, 결국 내가 하기에 달렸다고 답하고 싶다. 선택과 성공은 모두 내 의지에 달렸다.

뉴스 기사를 보면, 4차 산업혁명으로 인해 미래 직업이 바뀌고 사라질 직업도 수만 가지라고 한다. 지금 이 순간에도 새로 생기고, 없어지는 직업들이 아주 많다. 단순히 '직업'으로 나를 찾지 말고. 나의 '업'을 찾자. 요즘같이 평범한 사람도 쉽게 일해서 돈을 벌 수 있는 시기는 없을 것이다. 무자본으로도 쉽게 가능한 길들도 많이 열려있다. 이젠 내가 하기 나름인 것이다.

기존 직업에만 집착하지 말고, 나의 적성과 능력, 경험을 나누며 성장할 수 있는 새로운 직업을 만들어 가면 된다. 내가 가진 재료들을 어떻게 다듬느냐에 따라 요리의 결과가 달라진다. 맛도 달라진다. 내가 가진 재료가 무엇인지, 어떻게 활용할 것인지 생각해 보자. 《위대한 나의 발견, 강점 혁명》이라는 책에서는 누구나 하나씩의 달란트는 가지고 태어난다고 했다.

지금, 여기에서 내가 하고 싶은 일을 하자. 지금까지 엄마로서, 아내로서 살았다면, 이제 사라진 나를 찾을 시간이다

나는 내 일을
사랑합니다

"왜 나는 연봉이 이것밖에 안 될까?"

"물가는 오르는데 왜 내 연봉만 제자리일까?"

아마 많이들 하는 생각일 것이다. 나 또한 그랬다. 왜 내 연봉은 안 오르는지, 빨리 올라야 돈을 모을 텐데 하고 생각했다. 연봉을 올리려면 내 능력을 키워야 했다. 그러려면 빠르게 스킬을 익혀야 했다.

나는 생각에 그치지 않고 행동에 옮겼다. 다른 직원들보다 일찍 출근해서 병원 문을 열고, 퇴근도 가장 늦게 했다. 여기서 '일찍 출근', '늦게 퇴근'이 포인트가 아니다. '워라밸'도 중요하니까 정시에 출퇴근하면 된다. 중요한 건 내가 이 회사에서 어떤 일을 할 수 있고, 어떤 도움이 되는지를 생각하는 것이다. 월급 받는데 무슨 도움을 줘야 하냐고 생각한다면 오산이다. 회사는 그냥 돈을 주지 않는다. 내가 그만한 값어치를 하기 때문에 주는 것이다. 그런데 그 값어치 이상을 한다면? 당연히 급여는 오를 수밖에 없다.

'월급도 작은 데 이만큼만 하면 되지.'라는 생각은 나를 좀먹는다. 내가 먼저 이 회사에 무엇을 할 수 있는지를 생각하고 일하면 대체불가 인력이 되어서 자연스레 몸값이 오르게 된다. 그런데 자꾸만 내가 더 일하면 손해를 본다는 느낌이 들어 일을 덜하려고 한다. 덜하면 그만큼 덜 받는 게 아니라, 인정받지 못해서 그만큼 내 월급도 제자리걸음이 된다.

현대 경영학의 아버지인 피터 드러커의 저서 《최고의 질문》에서는 같은 일을 하더라도 생명을 불어넣을 수 있는 방법으로, "모든 비즈니스는 위대한 사명으로부터 출발해야 한다."라고 말한다.

어떤 건설노동자에게 무엇을 하고 있느냐는 질문을 했을 때. A라는 사람은 "돈을 받기 위해 일해요."라고 답하고, B는 "건물을 짓고 있어요."라고 답하고, C는 "아이들이 건강하고 밝게 뛰어놀 수 있는 학교를 짓고 있어요."라고 답했다. 어떤 사람이 성공할까? 단순히 시키는 일만 해서는 거기서 벗어날 수 없다. 사명감을 갖고 자신의 업무에 임하는 C가 성공 확률이 높다.

사명감이 없다고 해도 내가 이 일을 통해 무엇을 얻어 갈 것인지를 명확히 하고 일을 하는 것은 중요하다. 나는 외과 업무를 배우기 위해 구강외과로 유명한 치과병원에 입사했다. 작은 치과병원에서 제대로 배우지 못한 것들을 그곳에서 체계적으로 배울 수 있어서 너무 좋았다. 배우는 데 돈까지 주니 얼마나 좋은가! 돈을 주고 배워야 할 곳에 돈을 받고 배울 수 있으니 감사하다는 생각으로 임했다. 마치 내가 병원의 주인인 것처럼 모든 일에 적극적으로 나서서 배우고 실행했다.

치아가 없어서 고생하는 엄마와 가족들이 저렴한 비용으로 치료를 받을 수 있어서 감사했고, 환자들이 아픈 치아를 치료해서 음식을 잘 드시는 모습을 보면 행복했다. 정말 진심을 다해 일을 했다. 어떤 문제가 생기면 '어떻게 해결하면 좋을까?'에 대해 생각하며, 같은 문제가 반복되지 않게 하려고 시스템을 구축해 나갔다. 그렇게 만들어 가다 보니, 환자도 늘고 매출도 늘었다. 이때의 경험은 다른 병원에 가서도 큰 도움이 되었다. 그 결과 1년 후 연봉협상 때 원장님은 내 연봉을 2,000만 원 더 올려주셨고, 4년 차 26살이라는 어린 나이에 실장으로 승진할 수 있었다.

내가 좋아하는 보험회사에 근무하는 심 팀장님은 누가 봐도 정말 즐겁게 일한다. 다른 사람들의 보험을 정리하고 도움을 주는 것에 자부심을 느끼고, 자신이 설계한 보험으로 혜택을 받아가는 모습을 보며 자기 일처럼 기뻐한다. 나는 이 분을 보며 '누가 보험 컨설턴트들을 보험쟁이라고 욕했을까?' 하는 생각을 했다. 나는 팀장님 덕분에 보험 컨설턴트에 대해 좋은 이미지를 갖게 되었고, 그 직업에도 매력을 느끼게 되었다. 심 팀장님은 현재 억대 연봉을 받으며 하루하루 행복하게 사신다.

'아울 디자인' 박치은 대표님은 20대에 연봉 5,000만 원을 받던 대기업을 퇴사하고, 일당 6만 원짜리 막노동부터 시작해서 지금의 대표 자리에 올랐다. 어떻게 일했기에 그렇게 빠르게 대표가 될 수 있었을까? 그는 회사에 다니면서 일을 더 달라고 하고, 퇴근하고 집에 가서도 인테리어에 쓰인 자재와 인건비 등을 데이터화해서 정리했다. 마치 자신이 대표인 것처럼 모든 업무에 관여하며 정리하고 시스템화했는데, 이 모든 것들이 차곡차곡 쌓여 자산이 되었다. 그렇게 6년을 밑바닥부터 시작해서 모든 준비를 마친 그는 퇴사를 결심했다. 회사대표는 월급을 500만 원으로 올려주겠다고 제안했지만, 그는 거절하고 자신의 회사를 차렸다. 이게 그 사람의 실력이다.

법인회사 5개 이상의 대표로서 자수성가한 대표적인 인물이자 《역행자》의 저자인 자청은 4배수 이론에 대해 말한다. 자청은 직원을 쓸 때 4배수 법칙을 기억하라고 한다. 직원 한 명당 4배 이상의 수익을 내야 법인세, 임대료, 식비, 보험료, 세금 등을 내고도 수익을 낼 수 있다는, 회사가 적자를 면하는 법칙을 발견했다. 그는 항상 직원들에게 이렇게 말한다고 한다.

"너희가 만약에 200만 원을 받는다고 가정하자. 그랬을 때

너희가 4배의 돈을 벌지 못한다면 이 회사는 존속 이유가 없고 적자만 나게 될 것이다. 너희들의 존재 이유도 없어진다. 내가 적자를 내면서 너희들을 교육하고 할 이유는 나에게 존재하지 않는다. 너희가 만약에 월급을 많이 받고 싶다면 4배 수 이상의 법칙을 실현하면 된다."

결국, 그릇을 키우는 것이 핵심이다. 내가 부가가치를 많이 내고 있는데도 급여가 오르지 않는다면, 그 회사 대표 마인드가 이상한 것이니까 퇴사하면 된다. 그런데 내가 그에 맞는 수익을 내지 못하고 있다면, 내가 문제인 것이다.

"나는 열심히 하는데 왜 월급은 쥐꼬리만큼 주는 거야! 그냥 대충 돈 주는 만큼만 일해야겠어."라는 생각은 나를 그 돈만큼의 수준으로 만드는 것과 같다. 내 가치는 내가 만드는 것이다. 스스로 나를 '쥐꼬리만큼 받는 사람'으로 만들어놓고 남 탓하지 말자.

나는 의사도 아니고, 성공한 사람도 아니다. 치과위생사이자 엄마이고, 여전히 성장하는 사람이다. 그렇기에 자랑스럽다. 모든 일에 열정적으로 최선을 다하며 배움의 자세로 받아들이기에 빠르게 흡수하고 나아갈 수 있다. 그런 내가 자랑스럽다.

병원에서는 환자들의 구강건강을 책임지는 치과위생사로서, 집에서는 친구 같은 엄마로서, 밖에서는 엄마들의 성장을 돕고 함께 성장하는 '엄마 키움' 대표로서 분야별로 늘 최선을 다하며 일과 삶의 밸런스를 맞추며 살 것이다. 나는 내 일을 사랑한다.

'착한 엄마 컴플렉스'에서 벗어나라

아이의 자는 모습이 너무 예뻐서 볼에 뽀뽀를 수십 번씩 한다. 그러다 갑자기 눈물이 주르륵 흐른다. 잠들기 전 내가 한 행동을 되돌아보며 죄책감이 밀려왔다. 뭐가 그렇게 바쁘다고 엄마를 부르는데 대답도 하지 않았을까? 그 잠깐을 눈 마주치는 게 뭐가 그리 힘들어서 짜증내기만 했을까? 내 몸이 힘들어서 같이 놀자는 아이를 뒤로한 채, 핸드폰을 던져주고 유튜브를 보라고 했던 아까의 내 자신이 너무나도 후회스럽다. 아이의 눈은 아직 덜 발달하여서 전자파를 조심해야 하는데, 혹시 나로 인해 성장 발달에 안 좋은 영향을 끼치는 건 아닌지 별의별 걱정의 나래를 펼쳤다. 아이에게 너무 미안해서 자책하며 또 엉엉 울고 말았다.

'아이 키우는 게 왜 이렇게 힘들지. 나는 나쁜 엄마인가 봐.'

아이를 키우다가 한 번쯤은 이런 생각을 해보았을 것이다. 나는 시시때때로 밀려오는 죄책감 때문에 우울증까지 걸렸다. 임신부터 만삭까지 감기가 떨어지지 않아 기침과 콧물 때문에 힘들었지만, 아이에게 해가 될까 봐 감기약 한번 안 먹고 버텼다. 태교하려고 안 해 본 바느질 수업도 참여해 보고, 좋아하는 가요 대신 클래식을 들으려 노력하고, 평상시엔 보지도 않던 책도 읽었다. 그 모든 것들이 그저 즐거웠다.

그렇게 소중한 아이가 태어나고, 밤낮으로 수유하느라 수면 부족으로 눈 밑에 다크서클이 가득하고, 유두가 헐어서 고통스러운 상황에서도 모유를 먹였다. 경제적으로 힘들어도 아이가 먹을 간식과 기저귀만큼은 제일 좋은 걸로 골랐다. 하루 종일 육아에 지쳐 문득 '지금 내가 뭐 하는 건가?'하는 마음이 울컥 올라오기도 했다. 그럴 때마다 머리를 흔들며 '내가 지금 무슨 생각하는 거지? 아이가 웃는 것만으로도 행복해야지. 이런 생각 하면 안 되지.'라며 다시 나를 다잡았다. 그땐 그저 힘들어서 그런 줄 알았는데, 나중에 알고 보니 그게 '산후 우울증'이었다. 늘 바쁘게 일을 하다가 갑자기 집에만 있으면서 매일 수유하고, 재우고, 수유하고, 재우기를 반복하는 생활에 우울감이 찾아온 것이다. 다행인지 불행인지 3개월도 안 되어 출산휴가를 마치고 직장으로 돌아갔고, 우울증은 온 지도 모르게 바로 사라졌다.

우울증은 사라졌지만 여전히 '착한 엄마 콤플렉스'에서는 헤어 나올 수 없었다. 무엇이든 최고로 해줘야 하고, 그렇지 않으면 나쁜 엄마가 되는 것만 같았다. 생활비에 쪼들리더라도 좋은 학원에 보내려고 줄을 서고, 아침에 뭐라도 더 먹이려고 애를 썼다. 왠지 아이가 뒤처지는 것 같거나 남들 앞에서 실수라도 하면, 마치 내가 실수한 것처럼 당황스럽고 바보가 된 것 같이 느껴졌다. 그 느낌이 너무 싫어서 뒤처질 것 같으면 불안해하며 채찍질하고, 과보호하며 아이가 원하지 않는 것도 미리 선수 쳐서 도와주었다. 하나하나 모든 것을 내 손으로 해야만 될 것 같아 일을 하느라 바쁜 와중에도 꼭 챙겼다. 혹시라도 돈이 부족해서 다른 아이들에게 밉보일까봐 용돈도 가득 챙겨줬다.

이 모든 것들이 다 문제였을까? 나의 불안함이 원인이었을까? 아이는 집과 학교에서 완전히 다른 이중생활을 하기 시작했다. 집에서는 '나를 따르라.'며 폭군처럼 굴다가도, 학교에만 가면 세상 순한 사람이 되어 친구들과 잘 어울리지도 못했다. 엄마 없이 아무것도 못하는 아이가 되어버린 것이다. 좋은 엄마가 되려고 부렸던 욕심이 오히려 아이를 약한 존재로 만들어 버렸다.

연세대 세브란스 소아정신과 신의진 교수님은 '좋은 엄마 콤플렉스'에서 벗어나야 한다고 조언한다. 충분히 잘하고 있으니 자책하지 말라고 한다. 이런 감정은 엄마에게도 아이에게도 좋지 않다고 말한다.

자꾸만 죄책감에 빠지거나 조급해하며, 불안해하는 '착한 엄마 콤플렉스'를 극복하기 위해서 무엇을 해야 할까? 먼저 엄마가 가진 열등감, 불안감이 어디서 오는지를 찾아야 한다. 예쁘지 않고 배가 나온 살림 못하는 나, 가난해서 하고 싶은 것을 못했던 나, 언제나 잘하는 친구들에게 둘러싸여서 늘 실패만 해왔던 나. 이 모든 나를 있는 그대로 인정해야 한다.

'아 내가 그 친구들이 부러웠구나.', '어릴 적 가난했던 삶이 너무 힘들어서 우리 아이에게는 절대로 물려주고 싶지 않아서 그랬구나.', '내가 지금 나를 스스로 못났다고 생각하고 있구나.' 라고 말이다. 인정을 하고 나면 그다음은 쉬워진다. 싫은 내 모습을 다시 좋게 바꾸려면 어떻게 하면 될지 그 방법을 찾으면 된다. 잘 못하는 것을 억지로 할 필요는 없다. '맞아. 나는 요리를 잘 못해. 그 대신 업무 역량이 뛰어나서 돈을 잘 벌어오지. 그 돈으로 반찬을 사 먹을 수 있어.'라고 생각하면 된다. 뚱뚱한 내 몸매가 싫다면 운동해서 살을 빼면 된다. 매일 10분씩 조금이라도 운동하는 습관을 가지면 점점 변화되는 나를 느낄 수 있다.

이제 더 이상 자책하지 말자. 아이는 믿는 만큼 더 크게 자란다. 나도, 아이도 있는 그대로 바라볼 때 진짜 성장이 이루어진다.

아이의 자존감,
엄마의 행복에 달려있다

~~~~~~

"착착착!"

반바지를 입고 있는 자그마한 다리를 큰 대빗으로 때리는 소리다.

"누가 시끄럽게 떠들라고 했어?"

그리 시끄럽게 떠든 것도 아니었는데 새외숙모는 히스테리를 부리며 사촌동생을 마구 때렸다. 나는 너무 충격을 받아서 맞고 있는 사촌동생을 도와주지도 못한 채 그대로 몸이 굳어버렸다. 내가 괜히 외삼촌 네 집에 놀러가서 동생이 맞는 것만 같았다. 아직도 매를 맞는 사촌동생의 모습을 잊을 수가 없다.

외삼촌은 외숙모와 이혼한 후 새 외숙모를 맞이했다. 딸이 셋이 있었는데 큰언니는 중학생으로 한창 사춘기였다. 새 외숙모는 정말 무서웠다. 조금만 말대꾸를 하거나 거슬리면 바로 손바닥으로 뺨을 때리고 몽둥이를 들었다. 겨울에도 차가운 물에 맨손으로 설거지를 해야 했던 큰언니, 사춘기임에도 마음을 달랠 겨를도 없이 눈치를 보며 지내야 했다. 큰언니는 항상 주눅이 들어있었고 늘 눈치를 봤다. 외삼촌은 일하느라 너무 바빠 이런 사정을 전혀 모르셨다.

다행인지 불행인지 새외숙모는 오래지 않아 암에 걸려 돌아가셨다. 이후 세 딸들은 아빠의 사랑으로 잘 컸고, 큰언니도 결혼해서 아이를 낳았다. 내가 언니를 다시 만난 건 언니가 아이를 낳고 나서였다.

언니의 그늘진 모습만 기억에 남아있었는데, 다시 만난 언니의 얼굴에는 웃음이 가득했다. 자존감이 그 누구보다 낮았을 텐데, 잘 극복하고 좋은 형부를 만나 사랑받고 있었다. 아마도 형부의 크나큰 사랑이 언니를 변화시켰을 것이다. 물론 언니의 노력도 한몫했을 거라고 지레짐작해본다.

언니는 아이가 잘못을 해도 소리를 지르거나 매를 드는 것이 아니라, 사랑스러운 눈빛으로 바라보며 차근차근 대화로 풀어나갔다. 무조건 잘했다고 하지 않고 단호하게 혼을 내지만, 꼬옥 안아주면서 사랑을 표현하는 언니의 눈은 사랑으로 가득했다.

엄마에게 매일 혼나면서 컸던 나는 자존감이 바닥을 쳤지만 언니와는 다르게 행동했다. 조금만 신경에 거슬리면 소리 지르고 화를 냈다. 그런데 언니는 늘 꿀이 떨어지는 눈으로 아이를 바라보고 있었다. 그 모습에 정신이 번쩍 들었다. 내가 그렇게 컸기 때문에 나는 절대 그러지 않으리라 다짐했건만, 나도 모르게 엄마의 행동을 그대로 따라 하고 있었던 것이다.

《내 아이를 위한 감정코칭》의 저자 최성애 박사는 이렇게 말한다.

'어린 시절 학대를 받거나 심한 마음의 상처를 받으면, 아이들이 스트레스를 처리할 수 있는 뇌의 용량이 한계가 있어 작은 스트레스에도 민감하고 예민하게 반응하게 된다.'

언니는 학대의 부정적인 트라우마를 끊기 위해 부단한 노력을 했을 것이다. 스스로가 살기 위해 좋은 음식을 먹고, 좋은 음악을 듣고, 좋은 생각만 하며 마음이 단단해지니 그대로 아이에게도 전달이 된다.

아이가 사랑으로 잘 자라기 위해서 가장 중요한 것은 '나를 사랑하는 것'이다. 엄마가 자신을 사랑하지 않는데 어떻게 아이를 사랑으로 볼 수 있을까? 스스로를 사랑하지 않는 엄마 밑에서 자란 아이는 자신을 사랑하는 법을 배우지 못한다.

나는 작은 눈에 콤플렉스가 있었다. 거울을 보다가 나도 모르게 한숨을 쉬며 "못생겼어"라고 말 한 적이 있다. 그러고 나서 다 잊고 있었는데, 아이가 거울을 보며 "엄마. 난 왜 이렇게 못생겼어?" 하는 것이 아닌가? 순간 머리가 '띵' 하고 울렸다. 내 작은 행동이 아이에게 큰 영향을 미쳤다는 생각에 바로 모든 부정적인 말과 행동을 멈추었다.

엄마는 아이의 거울이자 하늘이다. 엄마가 하는 행동 하나하나, 말투 하나하나가 아이에게 영향을 미친다. 작은 것일지라도 내가 무엇을 잘하는지, 내 장점은 무엇인지 찾아보자. 자꾸만 가라앉는 자존감은 내가 나를 '그렇게 생각'하기 때문이다. 그 생각부터 먼저 멈춰야 한다.

나는 스스로 나를 못난 사람이라고 생각했다. 뚱뚱하고, 못생겼고, 공부도 못하고, 내면까지 엉망진창인 이런 나를 누가 사랑해 줄까 하고 생각했다. 분명 이런 나를 사랑해 주는 사람들이 곁에 있었음에도 알지 못했다. 내가 스스로 나를 그렇게 생각하지 않으니 주변의 사랑도 보이지 않았던 것이다. 그랬던 내가 책을 읽고, 글을 쓰고, 공부하고, 강의를 하면서 마음이 점점 단단해졌다. 내게 집중하니 내 모습 하나하나가 다 사랑스러웠다. 내가 바뀌니 아이와 신랑의 태도도 바뀌었다. "우리 엄마가 제일 예뻐! 최고야!"라는 말에 세상을 다 가진 듯 행복했다.

그전에는 나를 사고뭉치, 늘 챙겨줘야 하는 아이 같은 이미지였다면, 하나하나 성과를 만들어가는 모습에 나를 인정하고 존중해 주기 시작했다. 그 존중이 내 자존감을 더 탄탄하게 만들어 주었다.

아이에게 조금만 무슨 일이 생기면 바르르 떨며 모두 다 해

주어야 한다는 강박도 조금씩 내려놓았다. 아직까지 완벽히 내려놓지는 못했지만, 내려놓은 만큼 오히려 아이도 나도 행복해졌다. 아이가 "엄마. 나 저거 하고 싶은데 옆에 다른 친구가 있어."라고 말하면, "친구에게 말해봐."라고 말하는 대신 내가 가서 "친구야. 다 탔어? 이제 우리가 갖고 놀아도 될까?"라고 말했다. 무엇이든 대신해주는 습관으로 아이는 자꾸만 나약해져갔다.

아이를 위해서라도 내가 강해져야 했다. 아이의 자존감은 엄마의 행복이 결정한다. 그동안 강박과 불안에 참지 못하고 내가 다해줬던 것들을 하나씩 내려놓고, 기다려 주며 그 시간에 오히려 내게 집중했다. 아이에게 집중한 만큼 아이는 바르게 성장하는 것이 아니라 더 엇나간다는 사실을 알았다. 내가 스스로 성장하면서 행복해하면, 아이도 그런 엄마의 모습을 보고 함께 성장한다.

오롯이 나로서 행복하자. 좋은 엄마에게서 행복한 아이가 나오는 게 아니라, 행복한 엄마에게 행복한 아이가 나온다.

아직 엄마가 되지 않은 그녀들에게
들려주고 싶은 이야기

〜〜〜〜〜〜〜〜〜〜〜〜〜〜〜〜

'다온 CSM 컴퍼니'에서 함께 했던 동료 강사님의 첫아이가 태어났다. 아직 젊은 나이에도 배려심이 깊고 뭐든 '똑순이'처럼 해내던 강사님. 첫아이의 손, 발 조형물을 만들어주려고 연락했는데 문득 나의 옛날 생각이 났다.

핏덩이 신생아를 안고 젖몸살을 앓아 울고불고하면서도 면역력에 좋다는 모유를 먹이기 위해 밤낮 짜냈던 그때. 비위가 약해 똥 싼 기저귀를 절대 못 만질 것 같았는데 기저귀 사이로 삐져 나온 똥도 사랑스럽게 만질 수 있는 용기가 생겼다. 새벽 수유로 잠 못 자서 눈이 풀리고, 비몽사몽으로 아이를 돌보다가도 다시 잠든 아기 모습을 보며 행복해했었다….

울다가 웃다가 하루에도 12번이나 왔다 갔다 하는 내가 미친 사람 같다가도 아기의 자그마한 손발을 보고 힘을 냈고, 똥 냄새가 향기롭고 손, 발에서 나는 구릿한 땀 냄새가 마치 향수라도 된 것 같이 좋았다.

걷기 시작하면서 한 발짝 내딛고 넘어져도 뭉클하고, 뛰다가 넘어지고, 킥보드나 자전거를 타다가 무릎이 까져 피가 나도 왕성히 회복하는 모습을 보며, 세상 살다 넘어져도 이렇게 회복하리라 믿어본다. 내가 아파 누우면 이마에 흥건히 적신 수건을 올려주던 내 행동을 따라하며, 발음도 안 되는 혀로 "아쁘디마."라고 말하는 조그마한 입도 사랑한다.

봄이 오면, 꽃나무 아래 예쁜 사진 하나 건지기 위해 아가씨 때는 절대 할 수 없던 자세로 사진을 찍어대고, 여름이면 물놀이 추억을 만들어주겠다고 비키니대신 고무줄 바지와 박스티를 입고, 물에 빠질까봐 잔털 하나까지 내 몸의 모든 기관을 곤두세운다.

가을이면, 감성을 길러준다면서 더러워지는 옷 따위는 신경 쓰지 않고 낙엽 위를 뒹굴며 부스럭 소리를 함께 느낀다. 겨울에는 집안에만 있는 아이가 안쓰러워 밖으로 나가서 시린 손을 호호 불어주며 눈을 굴려 눈사람을 만든다. 그렇게 키운 아이가 입학통지서를 받았을 때 그 묘한 기분이란! 우리 아기가 언제 이렇게 컸는지… 과거를 회상하며 더 많이 사랑해 주겠노라 다짐한다.

주변의 또래 친구들과 비교하며, 귀 얇은 엄마가 되지 않아야 한다. 엄마인 내가 누구보다 아이의 모습을 있는 그대로 인정하고 확신을 갖고 흔들림 없이 나아가야 한다. 느리면 기다리고, 빠르면 함께 발을 맞춰 걸으며 아이의 속도대로 걸어간다. 아이와 엄마의 삶을 일치시키지 않고 따로 떼어, 오롯이 아이만의 세계를 스스로 선택하고 책임질 수 있도록 옆에 서서 지켜본다. 내 생각대로 되지 않는다고 아이를 들볶거나, 내 계획대로 아이를 밀어 넣지 않아야 한다.

사춘기를 맞이하게 되면 나는 아이를 모르는 척할 것이다. 아이의 인생이니 아이를 믿는다. 나의 참견이 방해되어 가다가 멈추지 않도록 한다. 실패하고, 방황하고, 방전되더라도 괜찮다. 부모의 이해를 받기 위해 살아가기보다 아이 스스로만의 이해로 살아갈 특권이 있다.

아이가 고등학생이 되면, 우리는 서로에게 목매거나 서로에게 어떤 부담도 주지 않으리라 믿으며, 꼭 필요하면 도움을 요청하리라 믿으며 산다. 아이의 젊은 세계에 감탄하고, 세상으로 나아갈 준비하는 과정에서 무모함과 불안정이 보이더라도 나아가려는 의지에 감탄한다.

이따금 한 번씩 따뜻하게 안아주기만 하면 된다. 그러면 아이는 또 총총 그들의 세계로 돌아갈 것이다. 한 번씩 힐끗 쳐다봐주는 따뜻한 시선. 그것만으로 되었다. 나는 그 힘으로 또 살아갈 것이다.

그렇게 작고 예뻤던 손이 나를 안아주는 큰손이 되었다. 스무 살, 이제 아이는 어른이 되었다. 이제부터 새로운 세상에서의 도전과 행복을 꿈꾸며 누구보다 잘 살아가리라 믿어본다.

아이는 아이만의 세상이 있다. 당신이 꿈꾸는 엄마의 모습이 어떤 모습이든 '그런 엄마'는 될 수 없다. 모든 아이는 다 다르며, 아이를 내게 맞추어서는 안 된다. 서로 힘들 뿐이다. 아이를 있는 그대로 바라봐 주고 옆에서 지켜만 보는 것이 엄마의 역할이다. '착한 엄마 콤플렉스'에서 벗어나 아이에게 일일이 간섭하려 하지 말고, 그냥 아이를 오롯이 인정하고 인격체로 대우해 주자.

엄마이자 강원주인 나와, 나의 아이 모두 오롯이 인정해 줄 때, 아이도, 나도 멋지게 성장할 것이다.

나는 오늘도
나를 키웁니다

~~~~~~

잠자리에서 우리는 대화를 많이 한다. 아이들은 서로서로 오늘 있었던 일을 얘기해준다. 오늘 첫째 아이가 동생과 놀이터에서 있었던 일을 얘기하는데, 듣자마자 화가 나서 벌떡 일어나 소리쳤다.

"그걸 왜 지금 말해!"

둘째가 2학년 학기 초부터 부딪히는 반 친구가 늘 우리 아이를 꼬집고 할퀴었다. 한 번은 목뒤에 손톱자국이 심하게 나서 피부과에 여러 번 다녀야 했다. 그때만 해도 나는 아직 그 친구가 크는 과정이겠거니 하고 둘째에게 참으라고만 말했다. 절대 그쪽 부모에게도 뭐라고 하지 않았다. 그런데 너무 당하다 보니 2학기에 들어서는 둘째도 똑같이 그 아이에게 욕을 하고 때리려고 하는 것이었다. 점점 더 심해지는 상황에 서로 부딪히지 않게 떨어져 있으라고 했지만 같은 반이다 보니 쉽지 않았다.

아이들은 할머니집 근처에 놀다가 근처 아파트 놀이터에 가서 놀았다고 한다. 한참 그네를 타며 놀고 있는데 그 아파트에 살던 친구 부모님과 마주치게 되었다. 둘째를 보고 다가와서는 "네가 그 애구나? 여기는 왜 왔니?"라고 물었고, 할머니집에 놀러왔다는 대답에 "그럼 할머니 집 가야지. 우리 윤수랑 요즘은 무슨 일 없지?"라면서 "한번만 더 이 놀이터에 놀러오면 신고할 줄 알아."라고 하고 가버렸다고 한다.

사실 그 아파트는 주공 8단지였던 곳인데 분양 아파트로 천년나무로 이름이 바뀌면서 바로 옆 할머니가 사는 주공 7단지와 분리되었다. 임대 아파트와 선을 긋기 위해 울타리까지 치며 오지 못하게 해서 소문이 안 좋았던 곳이었다. 아직 아이들은 임대 아파트가 뭔지 모르니 외할머니 집이 7단지라고 말했는데, 그 부모는 무시하며 오지 말라고 한 것이다.

"한심하게 쳐다보면서 말하는데, 무슨 말인지는 다 알아듣지는 못했지만 왠지 기분이 안 좋아서 집에 왔어."라고 하는 첫째 아이의 말에 화가 치솟았다. 밤 12시인 것도 상관없이 당장 전화해서 소리라도 지르고 싶었다.

아침만 되면 쫓아가서 따지리라 다짐을 하며, 밤새 화가 나서 잠을 이루지 못하고 책을 읽었다. 2022 부커 상을 받은 소설《저주 토끼》였다. 한창 읽는데 인과응보에 대한 얘기가 나왔다.

"'묘혈이 두기(人を呪わば穴二つ)'라는 말이 있듯이, 누군가를 저주하면 스스로 무덤을 파는 것이다."라는 글귀였다. 문득 '그래. 그렇게 저주할 가치도 없는 사람들에게 괜히 마음 쓰지 말자. 그런 사람은 결국 그 생각 그대로 살다가 인생의 끝을 맞이하게 될 거야.'라면서 모든 생각을 멈추었다. 그리고 좋은 것만 떠올렸다. 아이를 사랑하고 아껴줘도 모자랄 시간에 남을 험담하고, 화를 내면, 아이와의 시간뿐 아니라 내 시간도 좀 먹는다. '내 시간은 소중하니까, 이 시간에 좋은 책을 읽고 글을 써야지.'라고 생각을 전환했고, 그날 밤 책에 들어갈 꼭지 하나 뚝딱 쓰고 기분 좋게 잠들 수 있었다.

다음날, 맑아진 정신으로 전화해서 정중히 만나뵙기를 요청해서 대화를 나누었다. 하지만 그 부모와 대화가 통하지 않았다. 상처를 준 자기 아이가 문제가 아니라, 자기 아이가 놀리고 때렸다고 상처받는 우리 아이가 문제라고 말했다. 말인지 된장인지 구분이 되지 않았다. 그저 그런 생각과 사고방식을 가진 그들이 안쓰러웠다. '아. 이래서 그 아이가 그렇게 컸구나.'라는 생각에 아이가 안타까웠다. 제대로 훈육 받으면 잘 컸을 아이가 부모의 역할을 제대로 받지 못해 삐뚤어질 수 있다는 생각에 슬프기도 했다.

아이는 혼자 크지 않는다. 엄마의 역할이 많은 부분을 차지한다. 아이에게 엄마 아빠는 하늘이자, 거울이기 때문이다.

어릴 적 아빠의 차는 트럭이었다. 그 차를 타고 학교에 데려다줄 때면 누가 볼까 부끄러워 멀리 내려달라고 했었다. 그랬던 내가 당당하게 "우리 엄마 주공에 살아요. 그게 뭐 어때서요!"라고 소리칠 수 있었다. 내 자존감이 높아지고 내면이 채워졌기에 전혀 부끄럽지 않았다. 아니 오히려 '그게 뭐 어때서?'라는 생각이 들었다. 이런 내 모습에 아이들도 자신의 모습에 당당해질 것이라는 생각에 오히려 뿌듯했다.

대화를 끝내고 나오는데 아이가 내게 "엄마 진짜 멋있어. 정말 반했어."라고 말해주어서 스스로가 너무 자랑스러웠다. '엄마의 태도가 아이를 만든다는 것은 진짜구나.'라는 생각에 더더욱 당당하게 살아야겠다고 결심했다.

어젯밤, 왜 이제야 말했냐고 소리친 내 모습에 반성했다. 아이가 잘못한 것이 아니라, 나쁜 어른의 잘못인데 화가 나서 아이에게 닦달했다. 아직도 나는 이렇게 미성숙하다. 그럼에도 매일한 걸음씩 나아가고 있기에 괜찮다.

매일 밤 읽고 쓰는 습관은 정말이지 너무 좋은 습관이다. 처음에는 이 습관을 만들기 위해 부단히 노력했는데 지금은 이 습관이 나를 만들고 있다. 나아가 '엄마 키움'의 대표가 되고 엄마들의 성장을 응원하는 멘토가 되었다. 무엇보다 내가 바로 서자 아이도 바로 서기 시작했다. 그게 내 '미라클 나이트'의 가장 큰

성과인 것 같다.

아이는 혼자 크지 않는다. 나도 엄마가 처음이다. 그러니 나를 먼저 키우자. 그러면 아이도 자연스레 큰다. 오늘도 '나'를 키우며 아이도 함께 키운다.

아이를 키우며
자신을 잃어가는 엄마들에게…

엄마가 되고 나니 새로운 세상이 열립니다. 쉬운 줄 알았던 육아는 헬이었고, 무엇보다 나 자신을 잃어가는 게 가장 힘들었어요. 내가 뭘 잘하는지, 뭘 좋아하는지도 잊어버린 것 같았습니다.

엄마는 당연히 그래야 한다고 생각했어요. 그런데 당연한건 없었어요. 그 속에서도 분명 나를 찾을 수 있습니다. 그걸 이제야 알았어요. 살아보니 엄마는 세상에게 가장 힘들고 위대한 직업입니다.

서로가 서로를 이해하고, 내가 받은 배려를 나누는 좋은 세상을 아이들에게도 물려줄 수 있으면 좋겠어요. 엄마들의 바른 생각들로 아이들이 바로 커서 좋은 사회를 만들어 갈 수 있으면 좋겠습니다.

저 또한 하루하루 고민하고 성장해가는 사람입니다. 엄마로 살면서도 절대 나 자신을 놓지 않고, 무엇이든 도전하고 있어요. 한때는 무기력하게 주어진 삶을 한탄하며 살기도 했고, 남과 비교하며 나 자신을 자존감 구렁텅이로 내치기도 했습니다. 남는 건 '자존감 바닥'에 엉망진창인 '나'만 남더라고요. 이렇게 살아선 안 되겠다 생각했습니다. 그래서 일어섰고, 지금은 아이들과 너무나도 행복합니다.

저는 글을 잘 쓰지 못합니다. 생각이 정리가 되지 않아 매일 저와의 싸움을 해야만 했어요. 그래도 포기하지 않았고, 쓰레기 같은 글이라도 매일 썼습니다. 퇴고하고, 또 퇴고하고, 퇴고해서 지금의 글을 완성할 수 있었어요. 부족했던 저도 이런 과정이 있었기에 누구라도 '과정'이 있음을 알고 용기를 가지길 바랍니다.

이 세상 엄마님들! 그동안 잘 살았고, 지금도 잘 살고 있습니다. 토닥 토닥. 제 토닥임을 받아주세요.

지금까지 이 책을 다 읽었다면 오늘 하루만큼은 잔소리 한 번 듣지 않고 곱게 자란 사람처럼 남들 눈치는 잠시 내려놓을게요. 집안일도 일단 내버려두세요. 그리고 친구들과 사랑하는 사람과 만나세요. 하고 싶은 것을 하세요. 룰루랄라 신나게 수다도 떨어보세요. 그냥 오늘 하루쯤은 어린아이처럼 즐겼으면 좋겠어요.

월급이 얼만지, 물건 값이 얼만지도 신경 쓰지 말고 사고 싶은 건 다 담고, 좋아하는 친구에게 선물도 막 퍼주고, 한밤중에 치킨과 맥주를 먹다가도 급 티비에 나오는 여행지에 급히 휴가 쓰고 무작정 떠나는 철부지가 되었으면 좋겠어요.

딱 오늘 하루만 애들이 어떻게 지내는지 어른들은 어떻게 지내는지 신경 쓰지 말고, 내가 좋아했던 연예인 덕후가 되어 콘서트도 쫓아다녀 보면 어떨까요?

힘들면 땡깡도 한 번 부려보고, 남은 음식 처리반은 이제 그만하고, 맛나고 예쁘고 좋은 것만 쏙쏙 빼먹는 얄밉지만 귀여운 철부지였으면 좋겠어요.

너무 일찍 철이 들어 이렇게 살지 못했던 당신이 하루라도 이렇게 살아본다면 저는 너무 기쁠 것 같습니다.

세상에 모든 엄마들을 응원하고 축복하고 사랑합니다.

맘스 인디펜던스

초판인쇄	2023년 6월 22일
초판발행	2023년 6월 28일

지은이	강원주
발행인	조현수, 조용재
펴낸곳	도서출판 프로방스
기획	조용재
마케팅	최관호 최문섭
편집	이승득
디자인	호기심고양이

주소	경기도 고양시 일산동구 백석2동 1301-2 넥스빌오피스텔 704호
전화	031-925-5366~7
팩스	031-925-5368
이메일	provence70@naver.com
등록번호	제2016-000126호
등록	2016년 06월 23일

정가 16,000원
ISBN 979-11-6480-322-4 03810